創元ライブラリ

シャーロック・ホームズの誤謬

『バスカヴィル家の犬』再考

ピエール・バイヤール
平岡 敦◆訳

東京創元社

目次

本文中のゴチック体の箇所はサー・アーサー・コナン・ドイルの『バスカヴィル家の犬』からの引用であることを示す。――編集部

シャーロック・ホームズの誤謬

『バスカヴィル家の犬』再考

ギヨームに

現実とフィクションとのあいだの障壁は、われわれが思っているより柔軟なんだ。凍りついた湖といったところかな。何百人もの人々が湖の氷を歩いてわたれるが、夕方に薄いところができて、落ちる者がでたりする。そしてその穴は翌朝までにふたたび凍ってふさがれる。

『文学刑事サーズデイ・ネクスト1　ジェイン・エアを探せ！』より
ジャスパー・フォード（田村源二訳）

登場人物

シャーロック・ホームズ
イギリス人探偵。スイスのライヘンバッハの滝で死んだことになっていたが、作者のコナン・ドイルは八年後に『バスカヴィル家の犬』で甦らせた。

ワトスン博士
ホームズの友人で助手役。

チャールズ・バスカヴィル
バスカヴィル館の主人。物語が始まる直前に、謎めいた状況で死亡している。

ヘンリー・バスカヴィル
チャールズ・バスカヴィルの甥。伯父の遺産を相続し、館の新たな主人となる。

ジェームズ・モーティマー医師
バスカヴィル家の友人。チャールズ・バスカヴィルの死に関する警察の判断に疑問を抱き、物語の冒頭でロンドンに赴いてシャーロック・ホームズに調査を依頼する。

ジャック・ステープルトン
バスカヴィル館の近くに住む博物学者。シャーロック・ホームズは彼がバスカヴィル家の一員であることを突き止め、チャールズ殺しの犯人だと推理する。

ベリル・ステープルトン
ジャック・ステープルトンの妻。けれどもジャック・ステープルトンは、彼女を妹だということにしている。
ジョン・バリモア
バスカヴィル館の執事。
イライザ・バリモア
ジョン・バリモアの妻で、セルデンの姉。
セルデン
脱獄囚。イライザ・バリモアの弟。
フランクランド
荒地《ムーア》に住む気難し屋の老人。隣人たちに対し、数多くの訴訟を起こしている。娘のローラ・ライアンズとは絶交状態にある。
ローラ・ライアンズ
フランクランドの娘で、ステープルトンの愛人。荒地《ムーア》でひとり暮らしをしている。
犬
大型犬。シャーロック・ホームズは二件の殺人と一件の殺人未遂を、この犬の仕業だとした。

ダートムアの荒地

娘はその部屋に、何時間も前から閉じ込められていた。階下の広間からは、大声や馬鹿笑いが聞こえてくる。夜もふけゆき、酒に酔った男たちがますます興奮するにしたがい、娘の不安はいや増した。飲めや歌えの大騒ぎをしているならず者たちに、これからどんな目に遭わされるのかと思うと、まるで生きた心地がしない。なかでも最悪なのは、一団のリーダー格でバスカヴィル館の主人ヒューゴー・バスカヴィルだ。

この数か月、ヒューゴーは近くに住む郷士の娘につきまとい、あれこれと手を尽くしてものにしようとしていた。まずは娘に言い寄り、次には娘の父親に大金をちらつかせ、うまく仲を取り持ってほしいと持ちかけた。けれども娘はこの悪名高き男をひたすら嫌悪し、避け続けた。そこでヒューゴーと仲間の男たちは、ついに強硬手段に出ることにした。聖ミカエル祭の日、娘の父親や兄弟が留守なのに乗じて彼女をかどわかし、館《やかた》へと運んだのである。

部屋に放り込まれ、扉が閉まると、娘は恐ろしさのあまり、しばし身動きひとつできなかった。やがて彼女は恐怖心を乗り越え、落ち着きを取り戻すと、牢獄から逃げ出す手立てを講じ始めた。まず最初に錠を壊《こわ》そうとしたが、すぐにそれはあきらめざるを得なかった。金属製の錠はどっしりとしたオーク材の扉にはめ込まれていて、押せども引けどもびくともしない。娘は閉じ込められている部屋を見まわした。暖炉の煙道には手が届かない。ほかに利用できそうな開口部はただひとつ。小さな窓が、かろうじて見えるだけだ。痩せた人間ならあれを開けて、通り抜けられるだろう。窓から身を乗り出してみたものの、下の地面まで何メートルもある。飛び降りたら足を折るか、下手をすれば死んでしまうかもしれない。けれども、わずかに希望を託せるのはこの窓だけだった。かなりの敏捷さが必要とされるうえ、運を天にまかせて命を賭けねばならない。見れば地面から屋根まで、蔦《つた》が壁面を這っている。そこで娘は一か八かの危険を冒し、腕を伸ばして蔦にしがみつくと、雨樋《あまどい》を伝ってそろそろと降り始めたのだった。

＊

壁面にこすれて傷だらけになりながらも、ようやく地面に足がつくと、娘は一目散に館から離れ、三リーグ（約十五キロ）隔たった父親の家を目指して走り始めた。荒地《ムーア》の彼方《かなた》に灯るわが家の明かりが、かすかながら見えるような気がした。
恐怖と不安でいっぱいになりながらも、牢獄から遠ざかるにつれて娘の胸に再び希望が芽生え始めた。あたりは真っ暗なうえ、荒地からは奇怪な物音が聞こえてくる。科学がまだ発達しておらず、迷信がはびこっていた時代のこと、夜の荒地《ムーア》は魑魅魍魎《ちみもうりょう》が住む世界だと信じられていた。娘は恐れ慄《おのの》く気持ちをなんとか抑えつけた。

そんなぼんやりした物音をかき消すかのように、もっと大きく規則的な音が、やがてずんずんと近づいてきた。何の音かはすぐにわかった。馬が全速力で道を駆けてくるのだ。騎手は大声をあげて、馬を急《せ》かし続けている。目指す先がどこなのか、残念ながら疑問の余地はなさそうだ。

けれども背後の荒地《ムーア》に耳をすました娘は、さらに忌まわしい事態に気づいた。犬の群れが咆哮をあげている。その恐ろしげなことといったら、馬の足音の比ではなかった。吠え声はますます近くなる。疾走する犬たちは馬を追い抜き、すでに遠く引き離してしまったかのようだ。

娘は戦慄した。ヒューゴーは彼女が逃げ出したのに気づき、追跡を開始した。しかも馬に飛び乗る前に、猟犬の群れまで放ったのだ。新たな狩りの獲物として、娘の服の臭いを嗅がせてあるのだろう。

＊

疲れと恐怖で精根尽き果てた娘は、走っていた小道をはずれた。あとはもう、ゴイヤルと呼ばれる深い窪地に身を投じるしかない。そこにそびえる二本の巨石は、古代の住民たちが立てたものである。娘にはよくわかっていた。もう追っ手から逃れるチャンスはない、あと数分もすれば猛犬の群れに追いつかれ、ずたずたにされてしまうだろうと。

娘は地面にうずくまって呼吸を整え、覚悟を決めたように神に祈りながら、来るべきものを待ち受けた。はたして、ヒューゴー・バスカヴィルが姿を現わした。彼は飛び降りた馬を立ち木につなぐ手間も惜しんで、窪地《ゴイヤル》へと入っていった。

恐れ慄く娘の前に、追っ手が暗闇から現われ出る。ところがその表情は、思いがけないものだった。獲物を逃がした狩人の憤怒はすでになく、名状しがたい恐怖に顔を歪ませている。今やヒューゴー・バスカヴィルも、娘と同じく獲物の身に立たされていたからだ。

彼の背後には、奇怪な影がそびえていた。まるで地獄から抜け出てきたかのような、想像を絶するほど巨大な黒い犬の影が。犬は目を血走らせ、窪地《ゴイヤル》の縁で身構えていたかと思うと、ひと跳びでヒューゴーに襲いかかった。ヒューゴーは身をかわす間もなく、悲鳴をあげながら地面に転がった。しかし悲鳴は、たちまち喉の奥で途切れた。怪物に喉を噛《か》み切られ、ヒューゴーは一瞬にして意識を失ったからだ。

それを見た娘は茫然自失となった。もう耐えられない。彼女はその場にくずおれ、疲労と恐怖のあまり息絶えた。ほどなく窪地《ゴイヤル》の縁に着いたヒューゴーの仲間は、こうして二体の骸《むくろ》を見つけた。世にも恐ろしい光景だった。震えあがって逃げ帰った男たちのうち、ある者は慄きのなかで死に、ある者は完全に気がふれてしまったと、近隣の村々では語り継がれている。

＊

娘はいまわの際に、何を思っただろう? 現在に伝わるテクストは、その点について何も語っていない。しかし想像をめぐらすことは自由だ。文学作品に描かれた登場人物の思いは、彼らを生み出した作者の内側に閉ざされ続けるものではないのだから。登場人物たちは、生身の人間以上に生き生きと考えている。その思いは熱心な読者のなかへと広がり、彼らを物語る本に染み入って、時代を超え、こころよく耳を傾けてくれる相手を探し求めているのだ。

わたしが今、最期のときを語った娘とて同じこと。荒涼たるダートムアの奥に穿《うが》たれた窪地《ゴイヤル》のなかで息を引きとるとき、彼女の脳裏をよぎった思いには、今まで読み解かれてこなかったメッセージが込められている。しかしそのメッセージを知らずして、コナン・ドイルの作品中もっとも有名な『バスカヴィル家の犬』を理解することはできない。無念の死を遂げた娘の思いと、それが物語の展開に与えたひそかなる影響を再構築することこそが、彼女を悼んで書かれた本書の目的である。

わたしはこの娘を理解しようと努め、彼女が語りかけてくる声に耳をすました。かくしてバスカヴィル家の犬の仕業とされた殺人事件に関する綿密な再捜査を始め、いくつかの新発見をするなかで、公式の見解に少しずつ疑問を抱くようになった。一連の証拠が一致して示すように、デヴォンシャーの荒地《ムーア》を赤い血で染めた残忍な犯罪は、一般に認められた謎解きではとうてい説明がつけられない。真犯人は司法の手を逃れた可能性が、大いにあるのだ。

それにしてもコナン・ドイルは、どうしてこんな大間違いをしたのだろう？　これほど複雑な謎を解明するには、文学作品の登場人物について現代的な考察をするためのツールがなくてはならない。おそらく彼には、それが欠けていたのだ。登場人物とは、えてして誤解されているような単なる紙上の存在ではなく、本のなかで自律した人生を送る生きた人間である。ときには作者も知らないうちに、殺人を犯すこともありうるのだ。ドイルはこうした自律性を測りそこねたばかりに、登場人物のひとりが決定的な暴走を始め、嬉々として名探偵を間違いへと導いたことに気づかなかったのである。

このエッセーは、文学作品の登場人物とはいかなるものかについて、その思いがけない能力や彼らが要求しうる権利について正確かつ理論的な考察を行なうことによって、『バスカヴィル家の犬』事件の捜査を再開し、シャーロック・ホームズが未完に終えてしまった調査に決着をつけることを意図している。それによって、ダートムアの荒地で死んだあとも、文学と現実とをつなぐこの中間的世界のひとつに数世紀にわたってさまよい続けた娘の魂を、安らかに眠らせることができるのである。[1]

1　優れたシャーロック・ホームズ専門家のフランソワ・オフに感謝したい。彼は本書の原稿を繰り返し注意深く読んで、有益なアドバイスを与えてくれた。

捜査

第一章　ロンドンにて

その朝、ロンドンのベイカー街に住むシャーロック・ホームズのもとを、モーティマーなる田舎《いなか》医者が訪れた。彼は一七四二年に 遡《さかのぼ》る古文書《こもんじょ》をたずさえていた。それは三か月前に悲劇的な死を遂げた友人のサー・チャールズ・バスカヴィルから、モーティマーに託されたものだった。バスカヴィル家に代々伝わるこの古文書には、ヒューゴー・バスカヴィルの死にまつわる伝説が語られていた。彼は屋敷に閉じ込めておいた娘が逃げ出すと、あとを追って馬を出し、怪物のような巨犬に殺されたのだという。

シャーロック・ホームズはモーティマー医師が読みあげた古文書の内容には、ほとんど関心を示さなかった。そんなものに興味を抱くのは、「おとぎ話のコレクター」*（三二頁）くらいだというわけだ。けれどもモーティマーが来訪したのは、なにも大昔に起きた事件を語るためだけではなかった。バスカヴィル家の犬が、最初の殺人から二世紀後、再び姿を現わしたのではないか？　彼はそう思ったからこそ、ホームズの助力を請いにやって来たのだった。

＊

モーティマー医師は、近くに住む友人でヒューゴーの子孫であるチャールズ・バスカヴィルの死に関する疑惑を語り始めた。チャールズは、館のイチイ並木を毎晩散歩する習慣があった。ところが三か月前のある晩、いつものように散歩に出たチャールズは、いっこうに戻ってこなかった。十二時になり、館のドアが開けっぱなしになっているのに気づいた執事のバリモアは、主人を捜しに出かけた。そして、イチイ並木で息絶えているチャールズを見つけた。遺体に暴行の跡は見られなかったが、顔は苦痛で歪《ゆが》んでいた。諸般の状況から察するに、チャールズは心臓発作に襲われたのだろう。警察による捜査も、そのような結論に落ち着いた。

しかしながらモーティマー医師は、この結論に納得がいかなかった。チャールズ・バスカヴィルの死は、不吉な犬の伝説と関連があるのではないか？　というのはほかでもない。チャールズはこのところずっと、怯《おび》えて暮らしていたからだ。バスカヴィル家は何世紀も前から呪われている、あの怪物がやがて再び現われるだろうと信じ込んでいたのだ。

のみならず、チャールズが死んでいる現場に駆けつけたモーティマー医師は、死体から二十

＊訳注　『バスカヴィル家の犬』からの引用はゴチック体で示した。シャーロック・ホームズ・シリーズ作品からの引用はすべて創元推理文庫版（深町眞理子訳）によった。

ヤード（約十八メートル）ほどのところに大きな犬の足跡があるのに気づいた。足跡は脇の芝生ではなく並木道にあったが、捜査にあたった警察官の目には留《と》まらなかった。彼らはバスカヴィル家の伝説を知らないのだから、その種の痕跡に興味を抱くべくもなかったのだ。けれどもホームズは足跡の話にすぐさま関心を示し、死体のあった状況についてモーティマー医師を質問攻めにした。その結果、イチイ並木から荒地《ムーア》に通じる小門の重要性が浮かびあがってきた。小門の木戸の前に二か所、葉巻の灰が落ちていたことから見て、チャールズはそこでしばらく立ち止まっていたらしい。まるで誰かと待ち合わせでもしていたかのように。

ホームズは、チャールズ・バスカヴィルが残した足跡の変化にも注目した。モーティマー医師の証言によれば、足跡は荒地《ムーア》に通じる木戸を過ぎたあたりから、「爪先だって歩いていた」（三五頁）かのように形が変わっていたという。ホームズはこうした細部も決して見過ごさず、すぐさまワトスンにこんな仮説を提示している。

「（……）たとえば、靴の跡が途中で形を変えたという事実。きみはあれをどう考える？」
「モーティマーの説では、靴跡の主がその箇所では爪先だって歩いてたらしい、ってなことだったが」
「あれはね、検死審問でどこかの阿呆が並べたてたごたくを、そのまま受け売りしてるだけの話さ。いったいだれがわざわざ爪先だって散歩道を歩かなきゃならない理屈がある?」

「だったら、なんだっていうんだ」

「走ってたんだよ、ワトスン——必死で、死に物狂いに走って逃げてたのさ。あげくに、とうとう心臓が破裂して、そのままばったりうつぶせに倒れ、絶命した、と」

「逃げてたって? なにから逃げてたんだ?」

「そこさ、それこそがわれわれにつきつけられた問題なんだ。そもそも故人は必死になって逃げだすその前から、すでに恐怖のあまり気も狂わんばかりになってたふしがある」

(五七—五八頁)


モーティマー医師は、何か超自然的な出来事があったのだろうと解釈していた。実際、事件の前に、少なくとも三人の人物が「(……)途方もなく巨大な動物で、全身からぼうっと光を放ち、無気味で、この世のものとは思えなかった(……)」(四六頁)怪物を荒地《ムーア》で目撃したと言っている。彼らの証言はすべて一致しているのだから、伝説の魔犬が再び現われたのだと思うのも無理なかった。

*

ホームズはこの話にとても興味をかき立てられ、モーティマー医師にこう指示をした。チャールズの甥《おい》で財産の相続人であるヘンリー・バスカヴィルをロンドンの駅へ迎えに行き、明日いっしょに来てほしい、それまでに自分も考えをまとめておくと。

翌日、ヘンリー・バスカヴィルはホームズ宅を訪れ、イギリスに渡ってきて以来、不可解な出来事が続いたと明かした。まずは今朝、泊まっているホテルに封書が届いた。宛名は乱暴な文字で書かれ、中にあった紙には印刷された単語を切り貼りして、ひと言「貴下は貴下の生命と貴下の理性とを尊重し、ムーアより遠ざかるべし」(六二頁)と書かれていたという。そのホテルに泊まることは、ヘンリー・バスカヴィル自身とモーティマー医師が直前に決めたのだから、ほかに誰も知っているはずがない。それだけに、なおさら不可解だった。

手紙がどのようにして作られたのかを突きとめるなど、ホームズには朝飯前だった。彼は前日のタイムズ紙をワトスンに持ってこさせると、匿名《とくめい》メッセージで使われている単語がどれも(荒地《ムーア》という言葉を除いて)、自由貿易に関する記事に含まれていると指摘した。ホームズは大新聞の活字なら、ほとんどすべて見分けられる。だからこのメッセージはタイムズ紙の社説を切り抜いて作ったのだと難なくわかったのである。

それだけには留《とど》まらない。ホームズは文字の形を見て、それが刃の短いハサミで切り取られたのだと言いあてた。さらに宛名は一語のなかで二度もペンがひっかかり、全部で三回もインクがきれているところからして、手紙はどこかのホテルで書かれたのだろうということも。ホテルのペンはたいてい質が悪く、インク壺の中にはインクが十分に入っていないからだ。

＊

ヘンリー・バスカヴィルがロンドンに到着してから起こった奇妙な出来事は、匿名の手紙を受け取っただけではなかった。どんなとるに足りないようなことでも教えてほしいとホームズにうながされ、ヘンリーは買ったばかりの靴が片方なくなった話をした。ホテルのドアの前に、左右並べて置いておいたのに、夜中のうちに片方だけ消えていたのだという。そのときはホームズも、あまり重視はしなかった。

ところが翌日になっても靴が見つからないだけでなく、今度は履《は》き古したほうの靴が片方なくなったと聞いて、ホームズは俄然興味を示した。呼びつけられたホテルのボーイは、何だってこう次々にものがなくなるのかわけがわからないと言うばかりだった。

今度はホームズも心配そうな顔をして、この謎めいた話に聞き入った。

「(……)いやはや、ホームズさん、お恥ずかしいところをお見せしました。恐縮です、こんなつまらんことで騒ぎたてて――」

「いや、ことによると、騒がれるだけのことはあるかもしれない」

「ほう、あんがいこれを深刻に受けとめておいでだとか?」

「あなたご自身はどう解釈しておいでなのです?」

「解釈しようとは思いませんね。いままでぼくの身に起きたことのなかでも、これはいちばんばかげてるし、奇妙きてれつな出来事だとは思いますが」

「奇妙きてれつといえば、そうかもしれませんね」ホームズが思案げに言った。(八六—八七頁)

＊

ヘンリー・バスカヴィルとモーティマー医師がロンドンに滞在しているあいだに、ほかにもおかしなことが続いた。ヘンリーとモーティマーに会ったあと、ホームズとワトスンは二人の尾行を始めた。すると一台の辻馬車も二人を追っているのに気づいた。ホームズたちが馬車に向かって走り始めると、御者は馬を走らせた。中に乗った客は捕まえられなかったものの、「黒いもじゃもじゃのあごひげがちらりとのぞき、突き刺すようなふたつの目」(七五頁)が馬車の横窓から見つめているのがわかった。

馬車の番号を覚えておいたホームズの知らせを受け、御者が家にやって来た。例の客のことは、御者も正確なところはよくわからなかった。客は探偵だと名乗り、黙って言われたとおりにすれば二ギニーやると持ちかけたのだという。こうして駅とホームズの家のあいだまでモーティマーとヘンリーのあとをつけていったが、ホームズに気づかれ逃げ出したというわけだった。

謎の客はウォータルー駅まで馬車を走らせると約束の金を払い、御者をふり返って「(……)おまえがきょう乗せた客の名は、シャーロック・ホームズ。覚えておけば、話の種にもなるだろう」(二〇〇頁)と言った。名探偵は大笑いし、客の人相風体について御者からわずかなところを聞き出した。

「(……)そのシャーロック・ホームズさんという客、どんな風体《ふうてい》をしていた？」

御者はごしごしと頭をかいた。「さてと、どうも一言で言いきるのがむずかしいタイプでね。年は四十前後、中背で、旦那よりは二、三インチ低いってところ。上《うえ》つ方《かた》のひとらしい身なりで、先っぽを四角く切りそろえた黒いあごひげに、青白い顔。まあこんなところかな、あっしに言えるのは」

「目の色は？」

「さあ、そこまではわからねえ」

「ほかに覚えていることはないか？」

「いや、なにも――すまねえけど」(二〇〇頁)

モーティマー医師の打ち明け話に加え、匿名の手紙、紛失した靴、あごひげ男による尾行と、ロンドンでのエピソードからしてすでに不穏な雰囲気が色濃く立ち込めている。

バスカヴィル家の相続人がロンドンに到着するとともに続いて起きた不可解な出来事は、ホームズの調査によっても解明されなかった。ホテルの宿帳を調べても怪しい人物はおらず、匿名の手紙を書いた主や靴を盗んだ者の正体はわからないままだった。

あごひげ男について、当初ホームズはチャールズ・バスカヴィルの執事バリモアではないかと思った。そこで彼はバリモア宛にさりげない内容の――ヘンリーを屋敷に迎える準備がととのっているかを問い合わせるような――電報を送らせることにした。さらにはこの電報を直接バリモアに手渡すよう、屋敷にいちばん近い郵便局の局長にも指示しておく。そうすれば、たしかにバリモアが屋敷にいるかがわかるというわけだ。けれども電報はバリモア夫人に渡されてしまい、ホームズの策は失敗に帰した。

遺産相続に関する調査からも、たいした手がかりは得られなかった。財産や屋敷はヘンリーが受け継ぐことになっている。バリモア夫妻やモーティマー医師など、チャールズの身近にいた者、何人かの個人への遺贈や慈善団体へ寄付された分を別にしても、ヘンリーが相続する財産の総額は百万ポンド近くにもなった。もしヘンリーが亡くなった場合、これらの財産は遠縁にあたる年配の教区司祭に渡る。モーティマー医師も一度、チャールズ宅でこの教区司祭に会ったことがあるが、「どこか神々しくて、いかにも清貧のひと」（九一頁）のように見えたという。サー・チャールズがぜひにと言っても、いったんは財産贈与を辞退したくらいだ。ともかく、金目当てで殺人を犯すような人物ではなさそうだ。それにヘンリーはまだ暇もなくて、遺言状を作っていなかった。

＊

ヘンリー・バスカヴィルは脅迫にも屈せず、一族の屋敷へ赴く決意をした。それにはホームズも賛成したものの、決してひとりでは行かないよう忠告した。モーティマー医師がついているといっても、患者を診るのに忙しいだろうから十分ではない。

ホームズも別の依頼人や恐喝事件を抱えていてロンドンを離れられず、バスカヴィル館の新たな主人につき添うわけにはいかなかった。そこで彼はワトスン博士の力を借りたらどうかと提案し、調査に進展があれば逐一報告するよう友人に念を押したのだった。

第二章　荒地《ムーア》で

　こうしてワトスン博士は、ヘンリー・バスカヴィルとモーティマー医師につき添ってデヴォンシャーへ向かうことになった。今後の調査も彼にまかされ、その結果をロンドンに留まるホームズに知らせるのである。バスカヴィル館に泊まり込み、ヘンリーの身辺警護の役も引き受けた。

　三人が着いた先は陰鬱な地方だった。泥炭と沼地からなる殺風景な土地で、年中霧が立ち込めている。そんな場所を住処《すみか》と定めた人や動物にも、暗い雰囲気が漂っていた。凶悪な脱走犯が逃げ込んでいるという噂もあった。そのうえ夜になると、不可解なすすり泣きまで聞こえてくる。

　ワトスンはホームズと離れているあいだ、定期的に手紙を送って新たにわかったことを知らせていたが、返事はまったく返ってこず、名探偵がどこで何をしているのかは不明だった。ワトスンの手紙は読者にも提示され、この小説を構成する重要な一部となっている。ワトスンは手紙によって友人に連絡を取り続けていたが、ホームズのほうはこの事件の調査からしばらく遠ざかっているらしい。

*

ワトスンが追った最初の手がかりは、屋敷の執事バリモア夫妻に関することだった。彼らは慕《した》っていた主人が亡くなった今、この土地にはもういたくないと言っている。

まずは夫のジョンが怪しそうだ。あごひげを生やしているところから見て、ロンドンでヘンリーを尾行した辻馬車の乗客は彼だったのかもしれない。前述したとおり、ホームズが尾行に気づいた日に、ジョン・バリモアが屋敷にいたかどうかを確かめようとしたけれど、結局確証は得られなかった[1]。

しかもワトスンは、バリモアが毎晩のようにおかしな振舞いをしているのに気づいた。荒地《ムーア》に面した窓に近より、蠟燭《ろうそく》の火をかざすのだ。そこでワトスンとヘンリーは、待ち伏せすることにした。どうやらバリモアは、蠟燭の光で合図を送っているらしい。それが証拠に荒地《ムーア》からも、応答の光が返ってくる。

バリモアはヘンリーに問い詰められても、自分の秘密ではないから何も話すわけにはいかな

1　ワトスンはデヴォンシャーに着くとすぐに、電報をジョン・バリモア本人に手渡したのかと郵便局長に問い合わせたが、電報はバリモアの妻が受けとっていた。

いと言うばかりだった。けれども最後には、荒地《ムーア》に逃げ込んだ脱獄囚セルデンは妻の弟なのだと告白した。蠟燭の光で合図し合い、食べ物を運んでやっていたのだ。

バリモア夫妻からこの秘密を聞き出したワトスンとヘンリーは、その晩すぐに脱獄囚を追って、光が見えた場所に向かった。そして灯った蠟燭と逃げ去る人影を見つけたものの、捕まえるまでにはいたらなかった。

＊

次にワトスンが疑惑を抱いた相手は、荒地《ムーア》に暮らすステープルトン兄妹だった。兄のジャックは博物学者で、妹のベリルを連れてこの地方に移り住んできたのだ。

ワトスンがステープルトン兄妹と初めて会ったときのこと、ベリルはワトスンをヘンリーと間違え、兄が離れている隙に駆け寄ってきた。そして早く荒地《ムーア》を去り、ロンドンに帰るようにと警告した。兄が戻ってくると、ベリルはすぐに素知らぬ顔で話題を変えた。あとでもう一度ワトスンと二人きりになったとき、ベリルは勘違いを謝り、自分の話は忘れてほしいと言うのだった。けれどもワトスンは、彼女が何かを恐れているような気がした。物語が進むにつれ、ヘンリー・バスカヴィルとベリル・ステープルトンとのあいだに淡い恋心が芽生え始める。ワトスンはそれを、ヘンリー自身の口から聞かされる。ヘンリーはベリルにひと目惚れしたことをワトスンに打ち明けた。ベリルのほうもまんざらではなさそうだ、いずれ結婚するつもりだと。

けれどもステープルトンは、この関係を快く思っていないようだ。ヘンリーの身辺警護のため、そっとあとをつけていたワトスンは、ある日ヘンリーがベリルに言い寄ろうとするところを目撃する。するとそこにステープルトンが現われ、ヘンリーに食ってかかった。ヘンリーがあとで説明したところでは、この短い逢引きのあいだ、ベリルは荒地《ムーア》の危険を警告し、早くここを離れるよう懇願するばかりだったという。

＊

荒地《ムーア》には、ほかにも二人の人物が暮らしていた。お互い離れ離れになっているが、もとは同じ家族だ。フランクランドとその娘ローラ・ライアンズである。フランクランドは訴訟好きの老人で、些細な理由をつけては隣人たちを訴えている。自分の承諾なしに画家と結婚した（すでに別居しているが）娘とも縁を切り、会おうとさえしなかった。

ワトスンがバリモアから聞いたところによると、チャールズ・バスカヴィルは死亡した晩、イチイ並木へ出かける前に、《L・L》という署名の入った謎の手紙を受けとったのだという。《L・L》とはローラ・ライアンズのことではないか？　チャールズはその手紙を暖炉で燃やしたが、あとからバリモア夫人が切れ端を見つけた。手紙の末尾は、「あなたを紳士と見込んでお願いいたします。どうか、どうか、読後はこの手紙を焼き捨ててくださいませ。そして十時に木戸までおいでくださいますように」(二〇二頁)と結ばれていた。

ワトスンはローラ・ライアンズに会って確かめた。初めは彼女も否定していたが、最後にはチャールズに手紙を書いたことを認めた。翌日、チャールズがロンドンへ出かけ、何か月も留守にすると知って、待ち合わせの約束をした。チャールズから経済的援助をしてもらおうと、待ちやむなくそんな遅い時間に会うことにしたのだと。待ち合わせの場所については、独身男性の家へ女ひとりで行くわけにはいかなかったと説明した。

けれどもチャールズに頼もうとしていた援助が不要になり、ローラは間際になって出かけるのをやめた。だからチャールズが死んだ状況について、彼女は何も知らなかった。どうして援助を請わずにすんだのかについてワトスンが尋ねても、ローラはそれ以上詳《くわ》しい話はしたがらなかった。

*

もうひとつ、ワトスンが解かねばならない謎があった。あたりに出没する、怪しい人物の存在だ。その男を最初に見かけたのは、ヘンリーといっしょにセルデンを追っているときだった。

尖った岩山のてっぺんに、痩せて背の高い人影が浮かんでいる。「脚をわずかにひらいて立ち、腕組みをして、ややうつむきがちの姿勢――眼下に横たわる果てしない泥炭と花崗岩との荒れ地に、じっと目を凝らしているかのようだ。」（一九〇頁）脱獄囚のはずはない。彼は別の方向に逃げたのだから。

この男の存在は、バリモアも確認していた。直接見たわけではないが、セルデンから話を聞いたのだ。セルデンは、自分のほかにももうひとり、荒地に身をひそめる謎の男がいると漏らしていた。見かけは紳士で、脱獄囚ではないらしい。荒地にいくつかある古い岩室のひとつに住んで、食べ物など必要な品は少年に運ばせている。

ワトスンはフランクランドを訪ねた折、老人があたりを眺めている望遠鏡でこの少年を見つけ、足どりをつかんだ。ワトスンが少年の向かった方角に行ってみると、はたして謎の男が住んでいる岩室が見つかったが、中には誰もいなかった。男が戻るのを待っていると、外からホームズの声がするではないか。「『ねえワトスン、外は気持ちのいい夕方だよ』と、聞き慣れた声が言った。『そんなところにひっこんでるより、ここへ出てきたほうが、ずっと快適だとぼくは思うんだがねえ』」（二三六頁）と。

謎の男の正体はホームズだったのだ。ホームズは脅迫事件の調査でロンドンに留まると言っていたが、本当は敵に悟られずに手がかりをつかみ、落ち着いて調査を続けるためだった。ワトスンの報告書はじっくり読んだものの、自分がここにいることは明かさないほうがいいと思った。友人の不用意な言動で、正体がばれてしまったら元も子もないからだ。

ホームズはワトスンに、これまでの調査結果を伝えた。ステープルトンはベリルの兄ではなく夫で、ローラ・ライアンズとは愛人関係にあると。博物学者の過去を洗ったところ、かつて彼がイングランド北部で校長をしていたこと、ところがその学校をつぶす羽目になってしまい、雲隠れせざるを得なかったこともわかった。

ステープルトンこそ自分たちが追う敵だと、ホームズは見ていた。チャールズ・バスカヴィルを殺した張本人であるとともに、ロンドンでヘンリーとモーティマーのあとをつけていた男だと。


「殺人だよ、ワトスン――巧妙にしてかつ冷酷、たくみに練りあげられた殺人さ。細かいことは訊かないでくれ。犯人の仕掛けた網は、徐々にサー・ヘンリーのまわりに絞られてこようとしているが、同時に、ぼくの仕掛けた網のほうも、いま犯人のまわりに絞られていきつつある。だから、きみの助力さえあれば、もはや敵はぼくの術中に堕ちたも同然と言っていい。この仕掛けをひっくりかえすおそれがあるのはひとつだけ。つまり、こっちの態勢がととのわないうちに、向こうが先手を打って仕掛けてきた場合だ」（二四七―二四八頁）

＊

名探偵はここで、自分でも気づかぬうちに正鵠《せいこく》を射《い》たことになる。ホームズとワトスンのコンビが復活するや、新たな事件が起きたのだから。二人が事件について話し合っているとき、遠くで叫び声と犬のうなり声が響いた。急いで駆けつけてみると、男の転落死体がある。服装から、二人はそれがヘンリー・バスカヴィルだと思った。

なんて迂闊《うかつ》だったのだろうと、ホームズは激しい自責の念に駆られた。ところが、死体をひっくり返してみると、それは脱獄囚のセルデンだった。セルデンは、姉のバリモア夫人がヘンリーから譲り受けた服を着ていた。そのためホームズは、てっきりヘンリーだと思ってしまったのだ。

けれどもホームズは、この取り違えによってセルデンは殺されたのだと推測した。そしてワトスンに向かって、自分の出した結論を披露した。セルデンはステープルトンが飼っている犬に襲われ、死んだのだろう。すでにこの犬はチャールズ・バスカヴィルを死に追いやっているが、今度は服の臭いのせいで狙う相手を間違えたのだ。ホームズはステープルトンが犯人だと確信していたが、彼を告訴するにはまだ証拠が不十分だとわかっていた。そんなわけで博物学者が叫び声を聞きつけ荒地《ムーア》にやって来たときも、あえて責め立てることはしなかった。

いっぽうホームズは、ローラ・ライアンズから話を聞くことにした。ステープルトンが結婚していることを明かすと、彼女はびっくり仰天した。そしてイチイ並木に来るようチャールズ・バスカヴィルに頼む手紙は、ステープルトンの指示で書いたものであることを認めた。ところがステープルトンは間際になって、やはり待ち合わせには行かないようローラを説き伏せ、代わりに自分が出かけたのだ。チャールズが死んだとわかると、ステープルトンは待ち合わせのことは黙っているよう彼女に命じた。

＊

こうした事実をすべて集めても、ステープルトンの有罪を立証するには不足だと考え、ホームズは罠を仕掛けることにした。ワトスンと自分はロンドンに戻るとステープルトンに告げ、ヘンリーには招待されているステープルトン家の夕食へひとりで行くようにと指示をした。

それからホームズはワトスンとともに、ステープルトン宅の近くに待機した。深い霧にもかかわらず、ステープルトンとヘンリー・バスカヴィルが食事をしている様子がよく見える。ベリルは部屋にいなかった。やがてステープルトンが席を立ち、家の近くにある納屋に入っていった。納屋の中からは、奇妙な物音が聞こえる。

ステープルトン宅を出ていくヘンリーを見失うまいと、二人は霧のなかで必死に目を凝らした。そのとき突然、足音が聞こえ、巨大な犬が突進してくるのが見えた。目はらんらんと輝き、鼻面や足はゆらめく炎をまとっている。ホームズとワトスンは恐怖を抑え、犬に銃弾を放った。手負いの犬はなおも走り続け、ヘンリーに飛びかかって喉元に喰らいつこうとする。しかしホームズは残りの弾をすべて撃ち込み、犬をしとめたのだった。

ホームズとワトスンはステープルトンを捕まえようと家に向かったが、すでに逃げ出したあとだった。二階の部屋から物音がするので、鍵を破って入ってみると、細ひもとシートで体をぐるぐる巻きにされ、猿轡《さるぐつわ》を嚙まされたベリルが、梁《はり》材の支えに縛りつけられていた。いましめをほどくと彼女は気を失ったが、しばらくして目を開け、ステープルトンは沼地に逃げ込んだのだろうと言った。

二人は沼地へ行ってみたが、ステープルトンを見つけることはできなかった。翌日ホームズは、ステープルトンが盗んだヘンリーの靴を沼地の草むらで回収した。中央の島には犬がいた痕跡も残っていた。ステープルトンはここに犬を閉じ込め、ときどき散歩に連れ出していたのだ。

＊

小説の最後の数ページで、ホームズはワトスンに事件の総括をしている。ホームズによれば、すべてはステープルトンが妻を脅して無理やり手伝わせ、企んだことなのだという。ステープルトンはチャールズ・バスカヴィルの弟ロジャー・バスカヴィルの息子だった。ロジャーは独身のまま外国で死んだと思われていたが、実は子供がひとりいたのだ。ステープルトンは南アメリカで暮らし、コスタリカで評判の美人ベリルと結婚したが、横領事件を起こしてヴァンデルーアと名前を変えた。イングランド北部で始めた学校も「徐々に評判が落ちて、最後には経営難に陥った。」(三〇八―三〇九頁) そこで今度はステープルトンと名のり、デヴォンシャーに居を構えて趣味の昆虫学に専念した。彼はその方面では、かなりの権威だった。

ステープルトンは、莫大な財産を受け継ぐのに邪魔なのは二人の人物だけだということに気づいた。そのときはまだ、財産を手に入れる方法について確固たる考えがあったわけではないだろうが、ともかく先祖の屋敷近くに引っ越して、チャールズ・バスカヴィルと親交を結ぶようにした。そしてチャールズが魔犬の伝説を恐れていることを知り、第一の殺人にそれを利用することにしたのだった。彼はロンドンで巨大な犬を手に入れ、それを沼地に隠して犯行の機会をうかがっていた。けれどもなかなかいいチャンスが来ないうえ、チャールズが屋敷を離れようとしていると知り、ローラ・ライアンズを説得して出発の前夜に待ち合わせをさせた。

ステープルトンは燐《りん》を塗った犬を連れて待ち合わせの場所へ行き、荒地に通じる小門の近くに隠れた。主人にけしかけられた犬は木戸を飛び越え、チャールズのほうへ駆けていった。

「あの巨大な、真っ黒な怪獣が、口から火を噴き、目を爛々《らんらん》と光らせて、ひらりひらりと跳躍しつつ追いかけてくる――さぞかし恐ろしい光景だったことだろう。追われた犠牲者は、心臓の病と、さらには極限の恐怖から、ついに道のつきあたりまできたところで倒れ、そのまま絶命する。追いかけるとき、犬はずっと道のへりの草地づたいに走ったが、准男爵は道のまんなかを走って逃げたので、現場には人間の足跡しか残らなかった。追った相手が地べたに倒れたきり動かないのを見た犬は、たぶんそばへ寄って、においを嗅ぐかどうかしただろうが、相手が死んでいるとわかると、そのまま背を向けて歩み去った。そのときなのだ――のちにモーティマー医師が実際に目にすることになった巨大な足跡、それが現場に残されたのは。呼びもどされた犬は、そのまま大急ぎで〈底なし沼〉の奥の隠れ家へと連れ去られた」（三二二―三二三頁）

そこでステープルトンは、もうひとりの邪魔者ヘンリー・バスカヴィルを片づけにかかった。彼は妻のベリルを連れてロンドンへ行き、到着したばかりのヘンリーを見張ることにした。ベリルはホテルの部屋に閉じ込めておき、つけひげで変装してモーティマーを尾行した。さらにヘンリーが身につけているものを、どうしても手に入れねばならない。いっぽうベリルは夫が恐ろしくて、はっきりヘンリーに警告できなかったが、なんとか彼を守ろうと匿名の手紙を出した。

ステープルトンはホテルで盗んだヘンリーの靴を使って彼に犬をけしかけ、第二の殺人をたくらんだ。さすがに今度は心臓発作を起こさせられなくとも、恐怖で抵抗できなくなった隙に噛み殺させればいい。ヘンリーが死ねば、バスカヴィル家の財産は我がものとなるだろう。

＊

ともあれホームズにとって、バスカヴィル家を脅やかしていた犬の謎は、魔犬とその主人の死とともに解明された。名探偵は疑問の余地は何もないとばかりに、謎解きと調査の終了を誇らかに宣言するのだった。

第三章　ホームズの手法

コナン・ドイルはシャーロック・ホームズを主人公にして、四つの長編と五十六の短編を残している。そのなかで名探偵が使っている推理の手法は、これらの作品を大いに有名にしただけでなく、文学の領域を超えた知性と厳密性のモデルとしてしばしば引き合いに出されてきた。『バスカヴィル家の犬』のなかでホームズは少ししか登場しないが、彼が真実に（あるいは真実だと思っているものに）到達したのも、この手法によってである。それゆえホームズの推理手法についてまず概観し、コナン・ドイルの傑作においてどのように適用されているかを調べたのちに、われわれ自身の結論を表明すべきだろう。

＊

ホームズの手法は、彼が登場する最初の事件『緋色の研究』のなかですでに、理論的にも実践的にも示されている。つまり『緋色の研究』は、あとに続くホームズ・シリーズすべてにとって、作業計画ともいうべきものを提示しているのだ。

ワトスンはこの作品で、ホームズと知り合った。下宿代を出し合ってロンドンで共同生活をする相手を探していたワトスンは、同じ希望を持った科学者がいると聞いて、共通の友人とともに実験室を訪ねる。

「ホームズさん、こちらはワトスン博士です。こちらがシャーロック・ホームズさん」と、スタンフォードが私たちふたりをひきあわせた。

「やあ、はじめまして」ホームズは愛想よく言うと、うわべからはとても想像できない強い力で、私の手を握りしめた。それからいきなり言った。「きみ、アフガニスタンに行ってきましたね?」

「えっ、どうしてそんなことがわかるんです?」私はあっけにとられて問いかえした。

「いや、べつにどうってことはありません」彼はくつくつ笑って答える。(『緋色の研究』一七―一八頁)

アフガニスタンに行っていたことを見抜くにいたったホームズの分析と、その基礎となる方法についてワトスンが知るには、数週間の共同生活を経《へ》ねばならなかった。ある日、ワトスンはテーブルに置かれていた雑誌の記事を読んで、ずいぶん突飛な内容だとホームズに話しかけた。するとホームズは、それは自分が書いたのだと明かし、彼の推理手法を説明し始めたのだった。

そこでアフガニスタンのエピソードに、再び触れることになった。

「(……)きみだって初対面のとき、アフガニスタン帰りでしょうとぼくが言ったら、ずいぶん驚いてたようじゃないですか」

「むろんだれかから聞いてたんでしょう」

「いや、とんでもない。わかったのですよ、きみがアフガニスタン帰りだってことが。長年の修練のたまもので、ぼくの場合、一連の思考がそれこそ電光石火の速さで頭のなかを駆け抜ける。だから、途中の段階はほとんど意識しなくても、たちまち結論にたどりつけるんです。ですがまあ、ここはひとつ、それを段階的にたどってみるとしますか——すると、こんなふうになる。〝ここに医者タイプの紳士がいる。しかし雰囲気からすると、軍人らしくもある。ならば明らかに軍医だろう。黒い顔をしているから、暑い土地から帰国したばかりと見えるが、手首の色は白いから、もともと色黒なのではない。やつれた顔からもわかるとおり、ひどく苦労して、病気にもやられたらしい。左腕に怪我もしている。腕の動かしかたがぎこちなく、不自然だ。わが英国陸軍の軍医殿が、それほどの苦難に遭遇し、しかも腕に負傷までする暑い土地といったら、はたしてどこだろう? アフガニスタン以外にはありえない〟。ここまでの推理を重ねるのに、まさにまばたきするほどの時間もかからなかった。そこでずばり、アフガニスタン帰りでしょうと言ったら、きみはのけぞるほど驚いたというわけです」(『緋色の研究』三九―四〇頁)

これが『緋色の研究』を含むシリーズ中ホームズが行なったもっとも興味深い分析だとは言えないが、名探偵の初めての推理――正確には、初めて公《おおやけ》にされた推理――として、彼の手法を示す雛形となっている。ホームズ自身がこの手法について解説を加えているだけに、いっそう興味深い。

ワトスンは記事を読んで、「こんなのは、どこやらの閑人の世迷《よま》い言《ごと》ですよ――書斎という聖域にひきこもって、安楽椅子にすわりこみ、小才の利いた逆説をもてあそんでるだけの閑人」(『緋色の研究』三七頁)だと不満を漏らした。こんな理屈は実地の役に立たない、書き手を地下鉄の三等車に放り込んでみればいい、乗客の職業を当てられるはずがないと。するとホームズは、自分の手法について説明を始めた。

「(……)千対一の率で、どうせうまくいきっこないほうに賭けますよ、ぼくは」

「だったら、賭けはきみの負けだ」ホームズは穏やかに言った。「その記事ですがね、それはこのぼくが書いたんです」

「きみが？」

「そう。ぼくには観察力と推理力との両方がそなわっている。そこに書いたぼくの理論、きみには荒唐無稽《こうとうむけい》と見えたようだけど、それはじつのところ、すこぶる実用的なものでね——実用的だからこそ、ぼくはそれを応用して、毎日の生活の糧《かて》を得ている」（『緋色の研究』三七―三八頁）

ここで初めて示された観察と推論（推理）というホームズの手法は、その後もシリーズ中で繰り返し取りあげられ、彼が首尾よく調査を成し遂げるために重要な二つの鍵となる。シャーロック・ホームズが編み出した手法を的確に捉え、その妥当性を評価するには、これら二つについてそれぞれ綿密に検討しなければならない。

＊

それゆえ、まずは《観察》から始めよう。観察の目的は、手がかりを探すことにある。手がかりの形態はさまざまだが、物質的な要素と心理的な行動という二つのカテゴリーに大別できる。

ホームズの手法を理解してもらうには、《物質的な要素》のほうがわかりやすいだろう。ルーペを片手に這いまわり、ばらばらの事実をつなぎなおす微小な手がかりを探す探偵のイメージが有名なところだ。そうした要素は『バスカヴィルの犬』のなかでも、さまざまな形で数多く見られる。

手がかりの第一タイプは、個人識別の指標とでも呼びうるものだ。そこには人物を認識するための多様な身体的要素が含まれ、『バスカヴィル家の犬』のなかでも二度にわたって言及されている。ロンドンでヘンリー・バスカヴィルを尾行した人物の正体を突きとめるためにホームズが取りあげたのは、この種の指標だった。また物語の最後でも、ステープルトンとヒューゴー・バスカヴィルの外見的相似から、ホームズは真実に到達するのに欠けていた要素を手に入れた。

手がかりの第二タイプはもっともよく知られているものだが、指紋や足跡のような犯人の体が直接残した痕跡である。なかでも人や動物の足跡は、とりわけよく出てくる。『バスカヴィル家の犬』でも、この二つは決定的な役割を果たしていた。というのもホームズは足跡の読解を決め手に、チャールズが死んだ状況を解釈したのだから。

手がかりの第三タイプは、犯人が間接的に残した痕跡である。そのひとつ、煙草についてホームズは、論文をものしたほどの専門家だ。彼は落ちていた葉巻の灰から、チャールズが死ぬ直前、荒地に通じる木戸の前にしばらく立ち止まっていたに違いないと判断した。ついでにつけ加えるなら、ホームズが隠れ家の岩室に戻ったとき、ワトスンが来ていると見抜いたのも煙草の吸殻からだった。[1]

手がかりの第四タイプは書かれた資料だ。これも調査の重要な局面で、二度にわたり登場している。まずは物語の初めで、ホームズは荒地に行かないようヘンリー・バスカヴィルに警告する匿名の手紙を調べて、それがタイムズ紙の社説から切り抜いた文字を使ってホテルで書かれ、書いたのは女性だと確信した。また最後のあたりでは、ローラ・ライアンズが書いた手紙の切れ端から、それがチャールズ・バスカヴィルを罠にかけるためのものだと推測した。

手がかりの第五タイプは固有の来歴を有し、それゆえ持ち主について貴重な指標を与えてくれる品物である。その意味では、ホームズにとって書かれた資料と同等の価値がある。『バスカヴィル家の犬』のなかにも品物の《読解》は、付随的な目的のためとはいえ、しっかりと出てくる。小説の冒頭でモーティマー医師がホームズの下宿に置き忘れたステッキを調べて、名探偵とその友人は持ち主がどういう人物か、どんないきさつでそれを贈られたのかをほぼ正確に描き出している。また同じく冒頭の場面で、ホームズはワトスンの服装から彼が一日中クラブで過ごしたことを言い当てた。

＊

1 《染み》も間接的な痕跡のひとつだが、これは『バスカヴィル家の犬』には出てこない。

観察すべき手がかりは、物質的な要素だけには留まらない。そこには心理的な行動も含まれている。ホームズによれば心理的な行動も、物質的な手がかりを生み出した行為と同じくらい正確に跡づけることができる。ものの意味を読み解くことができるのと同じく人間の振舞いも、探偵の視線に晒されていようがいまいが、重要な情報源になりうるのだ。

ホームズの記事のなかでも人間の行動に関する研究について言及されており、それが『緋色の研究』でワトスンとの議論の的となっている。「記事の筆者はこう主張するのだ――顔の筋肉がぴくっと動くとか、目がちらりと横を見るとか、そういった瞬間的な表情の変化によって、その人物の内面を推し量ることができる、と。」（『緋色の研究』三六頁）

ここでは心理という言葉を、広い意味で捉えねばならない。というのも単に心の動きだけでなく、人間が無意識の内に見せる反応や表情も問題になっているからだ。こうしてホームズは初めてワトスンと会ったとき、彼の態度全般から軍医だとひと目で見抜いたのだった。

こうした心理的な手がかりは、『バスカヴィル家の犬』の結末でホームズが提示した謎解きにおいて、物質的な手がかりに劣らず重要な役割を果たしている。彼は調査の初めから、被害者チャールズ・バスカヴィルの行動に注目した。とりわけ、チャールズが荒地に通じる木戸の前でしばらく待ち、それから屋敷とは反対方向に爪先立ちで歩き始めた点に。ここでは、物質的な証拠と心理的な証拠が重なり合っているのだが。

人間の振舞いに注目したからこそ、ホームズはステープルトンが怪しいとにらみ、彼の心理的な反応を注意深く観察したのだった。例えば荒地で転落死した男はヘンリー・バスカヴィルではなく脱獄囚のセルデンだったとわかったとき、ステープルトンががっかりしたような様子を見せなかったことについて、ホームズは次のように言っている。

「それにしても、なんて肝の据わったやつなんだ！　自分の仕組んだ罠に、狙った相手とはちがう男がひっかかったと知れば、普通ならばショックで気が遠くなってもおかしくないところなのに、それをあのとおり、表情ひとつ変えずに押し通す。（……）」（二六〇頁）

ちなみに心理的な手がかりは人間だけでなく、動物にも適応できる。コナン・ドイルの作品全体では稀《まれ》なケースだが、『バスカヴィル家の犬』のなかではそれが中心に据えられている。というのもここでは犬が主人公で、どうやら犯人らしいからだ。それについてホームズが行なった推理が、死んだとき、犬はどんな行動をとったのか？　それについてホームズが行なった推理が、謎解きの決定打となっている。それゆえわれわれは人間の心理だけではなく、動物の心理についても関心を向けねばならない。

＊

もうひとつ、ホームズ自身が紹介しているのは、推論という手法である。手がかりの探索や観察と同じく、推論もまた名探偵の人物像と密接に結びつき、その名声に大きく寄与している。ホームズの推論について多少なりとも注意深く検討するなら、なるほどそれが複雑なメカニズムからなっていることがわかる。その点を明確にするには、少なくとも二つの異なった操作に分けてみるのがいいだろう。たいてい二つは順番に、しかしほとんど同時に行なわれる。推論の出発点となるのは手がかりの検討だけでなく、探偵があらかじめ持っている知識である。それがあればこそ、手がかりが解読できるのだ。実際、ホームズが事件を解決するには、彼が長年培《つちか》った雑学の山（例えば煙草や馬車の轍《わだち》について、専門的な小冊子をものしているほどだ）が役立っている。

つまり、ホームズの手法の第二段階は比較にあるのだ。これは観察と同じくらい重要ながら、あまり表には現われてこない。手がかりの発見とその正しい解釈は別々に行なわれるのではなく、同種の指標全体と比較検討するなかで行なわれるのだ。ホームズはそうした指標のうえに膨大な情報を積みあげ、瞬時に働かせることができた。

この比較という方法が使われている一節が、『バスカヴィル家の犬』に数多く見られる。ホームズはそれによって、手がかりを読み取っている。例えば初めのあたりでヘンリー・バスカヴィルが受け取った匿名の手紙について、タイムズ紙の論説記事から切り取った単語で作ったとたちどころに見抜いたのがそうだ。名探偵の鮮やかな推理に驚嘆したモーティマー医師とホームズとのやりとりが、彼の方法において比較が占める位置をよく示している。

「いや驚きましたね、ホームズさん、おみごとな推理です――わたしの予想をはるかに超えたすばらしさだ」今度はモーティマー医師が驚嘆の目でホームズを見ながらそう言った。「これが新聞の活字を切り抜いたものだ、ぐらいのことならだれでも言いあてるかもしれませんが、あなたは、使われた新聞の名はおろか、それが論説欄からとられたということまで見抜かれた。まるで奇跡です――想像を絶している。どうすればそんなことができるんですか?」

「いや、なに、先生、きみだってやろうとすればできることですよ――たとえば、黒人種とイヌイットとの頭蓋骨の区別、きみならつけられるでしょう?」

「それはもう、言うまでもなく」

「しかし、どうしてそれができるんです?」

「要するにそれがわたしの趣味、得意の分野だからですよ。見るものが見れば、ふたつのちがいは歴然としている。眼窩《がんか》上の隆起、顔面角、顎骨のカーブ、それに――」

「おなじことですよ――要するにそれがぼくの趣味であり、得意の分野だから。見るものが見れば、ちがいは歴然としている。《タイムズ》の使用している、行間をたっぷりあけたブルジョワ活字と、安っぽい夕刊紙の粗雑に組んだ活字とは、ぼくの目には明らかなちがいがあるし、そのへだたりは、きみの場合の黒人種とイヌイットほどにも大きなものなんです。こういう活字の識別法というのは、犯罪研究の専門家にはごく初歩的な知識のひとつであってね。もっとも、かく言うぼくも、ほんの駆け出しのころ、《リーズ・マーキュリー》と、《ウェスタン・モーニング・ニューズ》の活字をとりちがえたことがありますが、それにしても《タイムズ》の活字はまったく独自のもので、この手紙の文字が《タイムズ》以外の印刷物から切りとられたという可能性はまったくない（……）」（六四―六五頁）

それゆえ手がかりを読み解くうえで、比較はもっとも大事な作業なのだ。ほかの同じような指標との共通点を捉え、相違する指標と区別することで、意味するものが明確になるのだから。つまり手がかりの解読に動員されるのは常に複数の指標であって、ときに誤解されているように単独の指標ではない。

＊

どんな推論も先行する知識に基づき、何がしかの比較（そうやって手がかりをほかの指標と対照させることができる）を伴うとしても、推論にはまた別の作業も含まれる。それは手がかりがどのようにして形成されたのかを突き止め、その生成を跡づけることを目的としている。分析的とも形容しうるこの第二の作業を、『緋色の研究』のなかでホームズは《逆もどりしながら推理してゆくこと》と呼んでいる。

「(……)この種の問題を解くにあたって、たいせつなのは、それをあとへあとへと逆もどりしながら推理してゆくことができるかどうかなんだ。これはすこぶる有用な技術であり、またすこぶる簡単に身につけられるものでもあるんだが、あいにく世間では、あまり活用されない。日常生活のうえでは、前へ前へと積み重ねて推理してゆくほうが役に立つことが多いから、逆のほうは、おのずとなおざりにされるわけだ。総合的推理のできる人間が五十人いるとすれば、逆の分析的推理のできる人間は、ひとりしかいない」

「白状するが、ぼくにはその話、どうもぴんとこないな」私は言った。

「きみにわかってもらえるとは、ぼくだって期待しちゃいなかったさ。そうだな、どう言ったらもうすこしわかりやすくなるか。たいていのひとは、一連の出来事を順序だてて説明されれば、その結果がどうなるかを言いあてることができる。それらの出来事を頭のなかで積み重ねていって、そこから出てくる結果を推測するわけだ。しかるに、ある結果だけを先に与えられた場合、自分の隠れた意識の底から、論理がどういった段階を経て発展して、そういう結果にいたったのか、それを分析できる人間はほとんどいない。あとへあとへと逆もどりしながら推理する、もしくは分析的に推理するとぼくが言うのは、この能力のことを意味してるんだ」(『緋色の研究』二三一―二三二頁)

逆もどりの推理はホームズ・シリーズのいたるところに見られ、『バスカヴィル家の犬』のなかでも手がかりの解読に際して頻出している。例えばホームズは逆もどりの推理によって、チャールズ・バスカヴィルの残した足跡が変化しているのは走り始めたからだろうと考えたのだった。

しかし逆もどりの推理は個々の手がかりを解読するだけでなく、何が起きたのかを包括的に捉えるうえでも決定的な役割を果たしている。日に焼けた顔、左腕の怪我、軍医らしい外見を総合して、ホームズはワトスンがアフガニスタン帰りだという結論にいたったのだ。同様に、一連の手がかり(犬の足跡に関するモーティマー医師の証言、セルデンの死、ローラ・ライアンズの証言、ステープルトンとバスカヴィル家の人々の酷似、ベリル・ステープルトンの証言など)をすべて結びつけたうえで、ホームズは事件の最終的な再構築を行なっている。

逆もどりの推理は手がかりを解読するうえで必要な、もうひとつの別な作業なのだ。それは比較と綿密に連携して、手がかりの解読を可能にする。まずは比較によって手がかりの概略を押さえ、逆もどりの推理によってさらに詳細な検討を加えて、その手がかりがどのように形成されたのかを跡づけ、真の意味を与えるのである。

シリーズ第一作のなかでこのように示され、のちの調査でも一貫して使われるホームズの手法とは、観察、比較、逆もどりの推理という三つの作業に基づいている。

*

名探偵がその友人との会話で言っているように、それら三つが同時に行なわれることもあるが（「（……）長年の修練のたまもので、ぼくの場合、一連の思考がそれこそ電光石火の速さで頭のなかを駆け抜ける。（……）ここまでの推理を重ねるのに、まさにまばたきするほどの時間もかからなかった。（……）」〔『緋色の研究』三九―四〇頁〕）、ホームズの手法を構成する三つの作業の働きについて検討しようとするなら、きちんと区別して考えるのが望ましいだろう。

こうしたホームズの手法は論理《ロジツク》と科学的探求に基づいているだけに、厳密そのもののように思える。われわれものちほど同じこの手法を使い、とりわけ犬の心理を検討して逆もどりの推理を組み立てることになるだろう。だからといってホームズは、この手法に頼って真実に到達したと自信を持って言いきれるだろうか？　おいおい見ていくつもりだが、それは大いに疑わしい。

第四章　不完全性の原理

ホームズの手法は科学的な厳密性の手本であるかのように思われ、これをもとに授業をしている警察学校もあるくらいだが、実は常に期待どおりの効果をあげているとは限らない。ホームズが何年間にもわたりこの手法で続けた調査活動の成果をありのままに検討するなら、結論はなかなか微妙だろう。伝統的にホームズの活躍と結びついている成功のイメージや、名探偵が一貫して見せる自己満足とは真っ向から対立するものだ。

＊

そもそもモーティマー医師と初めて会う導入部の場面から、まるでこれから始まる調査に向けた銘句であるかのようにホームズの手法が掲げられているのは、決して意味のないことではない。モーティマーは前の日にも探偵の留守宅を訪れ、ステッキを置き忘れていった。何者ともわからない依頼人がまたやって来るのを待ちながら、ホームズとワトスンは面白半分にいっもの手法でこのステッキの分析をし始める。

まずはワトスンがステッキから見て取れる手がかりについて、あれこれ推論にかかった。銘文の内容から見て、年配の医者に贈られたものだろう。だいぶ痛んでいるのは持ち主が田舎医者で、歩いて患者の家をまわっているからだ。刻まれているイニシャルから察するに、贈り主は地元の狩猟クラブ会員だろうと。

ホームズは皮肉まじりにワトスンの才能を賞賛したあと、大部分は間違いだと言った。たしかに訪問客はよく歩きまわる田舎医者だろうが、残りの推論は認められない。医者に贈られたのだから、贈り主は狩猟クラブ会員ではなく病院の可能性が高いし、退屈な田舎に都落ちしたということは若い医者だと考えるべきだと。

ホームズは友人の推論に異を唱え、いくつかの成果をあげてはいるものの、少なくともひとつだけ、彼も間違っていた。モーティマーが病院を辞めたのは田舎に引っ込むためでなく、結婚がきっかけだったのだ。それを聞いてホームズは、冒頭から自分の誤りを認めざるを得なかった。モーティマーははいってきて、ホームズの手にあるステッキに目をとめるや、喜びの声をあげて走り寄ってきた。

「ああよかった」と、息をはずませて言う。「こちらに置き忘れたのか、それとも船会社だったか、自分でも思いだせませんでね。このステッキばかりは、どうあっても紛失したくないものですから」

「贈り物ですね」と、ホームズが言った。

「はあ、そのとおりです」

「チャリング・クロス病院からの？」

「その病院の仲間から、わたしが結婚するにあたって贈られたものです」

「おやおや、それはまずい！」ホームズがかぶりをふりふり言う。

モーティマー博士は、ややとまどいぎみに眼鏡の奥で目をまたたかせた。

「まずいって、なにがです？」

「いや、なに、われわれのちょっとした推論が、それでくずれてしまったというだけのことです。ご結婚にあたって贈られた、そう言われましたね？」

「ええ、そうです。結婚して、病院を辞めることになりましたので、いずれ顧問医師になりたいという望みも捨ててしまいました。でも、あの段階では、早く身をかためて、一家を構える必要があったものですから」

「なるほど、なるほど――となると、こっちもさほどひどい見当ちがいをしたわけではなさそうだ」と、ホームズ。（二八―二九頁）

モーティマー医師が病院を辞めた理由について、ホームズの推理は間違っていた。そして彼がこの作品で犯した間違いは、残念ながらこれだけには留まらなかった。

ほかの間違いは、さらに重大な結果をもたらした。ステープルトン犯人説をとるなら、ホームズが容疑者をいつまでも放置していたために、新たな殺人を防げなかったことになる。ホームズはセルデンの死体をヘンリー・バスカヴィルだと誤解していたが——これも間違いのひとつだ——護衛すべきヘンリーから目を離したことを悔やむワトスンに対し、不注意の責任は自分にあると言う。

「いや、きみ以上にぼくのほうが責任重大だよ、ワトスン。事件を疎漏なくきれいにまとめあげようとしたばかりに、肝心な依頼人の命を投げだすような結果を招いてしまった。これは探偵としての職業人生で、ぼくにふりかかってきた最大の痛撃だ。とはいえ、いくらぼくでもどうして予測できただろう——予測なんてできたはずがないだろう——依頼人がぼくの重ねての警告を無視して、わざわざたったひとりでこのムーアへ出かけてくるなんて?」(二五二頁)

あとで明らかにするように、ホームズは犯人の正体をまったく取り違えているのだが、それでも彼が迂闊だったことに変わりはない。自責の念に駆られても当然だろう。これは推論に関する過ちではないのだから、たしかにほかの間違いとは次元が違うけれど、犯人の心理を読み違えたことに起因している以上、失敗のうちである。

ホームズは最後の場面でも、ヘンリーを守ることができなかった。ヘンリーはホームズの指示で大変な危険を冒し、危うく犬に首を嚙み切られるところだった。この過失も厳密に言えば、頭の働きが悪かったせいではないが、現実を考慮し、それに合わせて適切に行動できないホームズの弱点がまたもや露呈している。

*

ホームズがこんな不手際をしているからといって、驚くにはあたらない。シリーズの《正典》六十作のなかには、ホームズの手法の弱点を示す数多くの失態が見られ、思いのほか科学的な手法ではなさそうなのだ。間違いには二つのタイプ——ホームズが誤った行動や推理をした場合と、解決にいたらなかった場合がある。

例えば初期の短編「ボヘミアの醜聞」(『シャーロック・ホームズの冒険』以下『冒険』)でホームズは手痛い失敗を犯し、完全に操られてしまうし[1]、「技師の親指」では犯人を捕まえられなかった(『冒険』)。用心不足だった例も枚挙に暇《いとま》がない。「五つのオレンジの種」(同書)や「寄留患者」(『回想のシャーロック・ホームズ』以下『回想』)では犯行を防げず、犯人を見逃した。「ひとりきりの自転車乗り」（『シャーロック・ホームズの復活』以下『復活』）や「ギリシア語通訳」（『回想』）では誘拐を許してしまい、「高名の依頼人」（『シャーロック・ホームズの事件簿』以下『事件簿』）ではみすみす敵の攻撃を受け、犯人の顔が傷つけられるのも止められず、「〈三破風館〉」（同書）では館に強盗が入って、原稿が燃やされるのを阻止できなかった。

こうした策略上の失敗に加え、推理のミスも数多く挙げることができる。ホームズは「まだらの紐」（『冒険』）の終わりで、自分が最初に出したのが《まったく誤った結論》だったことを認め、「ライオンのたてがみ」（『事件簿』）では昔読んだ本のことを思い出したおかげでようやく事件の真相に気づき、調査のあいだずっと《うすのろ》だったと認めている。「くちびるのねじれた男」（『冒険』）では、行方不明の男は死んでいるだろうと、間違ったことをその妻に言ってしまった。「ブルース＝パーティントン設計書」（『シャーロック・ホームズの最後の挨拶』以下『最後の挨拶』）で、罠にかかったのは予想していた容疑者ではなかったし、「レイディー・フランシス・カーファクスの失踪」（『最後の挨拶』）では無理矢理あけた棺桶のなかに目指す相手は見つからず、「（……）いかにすぐれた、バランス感覚に富んだ頭脳といえども、ときとして曇ることもある（……）」（同書二八一―二八二頁）と認めたのだった。「スリークォーターの失踪」（『復活』）では徹底して真実を捉えそこね、「黄色い顔」（『回想』）では最初から最後まで間違っ

1　ホームズはアイリーン・アドラーなる女に打ち負かされる。彼女は常にホームズに先んじ、探偵の行動を見抜いていた。

てばかりで、ホームズ自身すらこの事件は失敗例だと思っているほどだ。[2]ホームズもときに間違えることがあるとするなら、[3]高みにたって真偽のほどを見きわめ、最終的にゆるぎない真実を打ち立てるべくもなくなる。真実を語っていると思われる者でも間違っているかもしれないのだから、間違いを正したつもりでも、単にまた別の過ちを犯しただけで、導き出された結論はまったくあてにならないかもしれない。

ホームズの間違いからは曖昧さが生じるが、さらには部分的にせよ全面的にせよ未解決に終わった事件も存在する。唯一絶対的な謎解きには行き着かず、さまざまな仮説が残されている以上、謎はもはや解決不能である。例えばホームズは「マズグレーヴ家の儀式書」(『回想』)の最後で、重要な一点がこの先も決して明らかにならないだろうと認めている。同じく「ノーウッドの建築業者」(『復活』)の最後でも、決め手になった手がかりの詳細は明かされない。「踊る人形」(同書)では発砲したのが誰なのかについて疑問が残るし、「六つのナポレオン像」(同書)では犯人が宝石を手に入れた方法について不確かなままになっている。

単にあれこれの細部ではなく、事件の全体像そのものが解決不能な作品もある。事件の全容にはいちおう納得できるとしても、ほかの仮説もまた可能なのだ。「ノーウッドの建築業者」(同書)では、ホームズ自身が事実に適合する仮説はいくつもあると指摘している。「ブラック・ピーター」[4](同書)でもホームズはさまざまな仮説を取りあげ、嬉々として検討を加えたあと、なかのひとつを選んでいる。

事件の解決がこれほど不確かなものだというのも、実際のところ驚くにはあたらない。ホームズの手法から導きうる結論の幅は、名探偵が行なっているよりもずっと広いのだ。それには三つの要因がある。

*

第一の要因は手がかりを見つける方法だ。ホームズは確固たる事象に基づいて推論を進めるのではなく、彼の手法が取りあげる手がかりは創出によるところが大きい。現実世界には無限の指標が潜在しているが、手がかりを得るためには、そうした指標のフィールドから前もって

2　「いいかいワトスン、今後ぼくがあまりに自信過剰に陥ってたり、あるいは、事件にたいして当然かけるべき手間を惜しんだりしている、そう感じられた場合には、遠慮なくこうささやいてくれたまえ――〝ノーベリー〟とね。そうしてもらえば、ぼくはおおいに恩に着るよ」(『回想』九一頁)

3　ジェイムズ・マッカーニー(James McCearney)は《一八九一年七月から一八九三年十二月までに発表された二十四の短編のうち、ホームズはゆうに半ダースで部分的、あるいは完全な失敗を犯している》と書いている(*Arthur Conan Doyle*, La Table ronde, 1988, p.152))。

4　間違いのほかにも、ホームズが要点をとらえそこねていることもある。「プライアリー・スクール」(『復活』)における主な親族関係のように、筋立ての鍵のひとつから、「〈グロリア・スコット〉号の悲劇」(『回想』)におけるように秘密全体にいたるまで、そのケースはさまざまだが。
ワトスンが語っていない物語でホームズが犯した間違いのリストが、「ソア橋の怪事件」(『事件簿』)の冒頭に掲げられている。

選別をしなければならない。初めはひと目で手がかりだとわからなくても、選択と指名という二つの運動によって手がかりだと認定されるのだ。

そのいい例が、巨大な犬の足跡である。モーティマー医師はホームズに初めて会ったとき、警察官たちが見過ごしたこの主要な《手がかり》を探偵に伝えた。

白状するが、いまの言葉を聞いたときには、私も全身に悪寒《おかん》が走るのを覚えたものだ。モーティマー医師の声もふるえを帯びていて、語った医師自身、話の内容に深く動揺していることをうかがわせた。いっぽうホームズは、興奮の面持《おもも》ちで目を輝かせ、一膝のりだした――この種のかたく鋭い光をその目が放つのは、なにかに強い興味を感じたときと決まっている。

「見たんですね、それを？」

「見ました――いまこうしてあなたを見ているのとおなじくらいにはっきりと」

「なのに、いままでそのことは口外されなかった？」

「しても、なんの益もありませんから」

「ほかにそれを見たものがいないというのは、どうしてです？」

「足跡は遺体から二十ヤードばかり離れた位置にあり、だれもそこまで探すことは思いつかなかったのです。わたし自身、あの伝説を知らなかったら、そうはしなかったでしょう」

（四二頁）

警察官たちも犬の足跡は目にしたはずだが、それが重要だとは思わなかった。つまりある者にとっての手がかりが、別な者にとっては必ずしもそうではない。手がかりは物語の総体、事件の全体像に組み込まれるとき初めて手がかりとなるのであり、それを手がかりとして認定をした者が事件を概観できるのだ。

手がかりは選別だとするなら、作品世界に含まれる数多くの要素が、潜在的な手がかりを形成していることになる。けれどもひとたび選ばれた全体像のなかで、それらは手がかりとして認められず、無視されている。手がかりになりうるのに、モーティマー医師が伝えなかったせいでテクストに現われない多くの指標を、警察官たちは見逃しているかもしれない。われわれがわかっているものに限っても、手がかりとは見なされていない一連の指標がテクストから浮かびあがってくる。それらを適切に読み解くならば、事件の全体像は著しく変わるだろう。

＊

手がかりは選別であると同時に解釈でもあり、それゆえ複数の意味を持ちうる。ホームズの手法に隙《すき》が生じる第二の要因は、科学的な法則と統計的な一般性との微妙な混同に由来する。

ホームズの推論は多くの場合、統計的な頻度に基づいている。しかし頻度とは蓋然性を示すにすぎないのだから、決して現実を確定するものではなく、つねに例外の可能性が残されていることを、ホームズの推論は考慮に入れていない。

木戸の前に灰の山があったのは、チャールズ・バスカヴィルはそこにしばらく留まっていたからだろうという仮説をモーティマー医師は主張しているが、ホームズのようにそこで《演繹《えんえき》deduction》という言葉を持ち出すのは（「ドクター・モーティマーが葉巻の灰から推理したように（「推理した」の原文はdeduced「演繹する」とも訳せる。）」〔五八頁〕）やりすぎだろう。

科学的な法則と統計的な一般性とのあいだに入り込むもの、それはまさしく主体的な個人である。主体的な個人が調査の対象となるとき、たしかにそれは統計の領域には含まれるが——統計によって、個人をさまざまな頻度別に分類することは可能だ——科学的な法則に属するものではない。個人にはそれぞれの状況で、何がしかの自由裁量が残されており、それゆえ何をしでかすかわからない存在なのだ。

もちろん人間は重力の法則を免れることはできず、容疑者が身の潔白を証明するのに、犯行現場から空を飛んでいったなどという主張は通らない。けれどもモーティマーやホームズの推論は、そうした典型的な例とは話が違う。たしかに多くの場合、煙草の灰が山盛りになっていれば、吸っていた人物がそこに留まっていたことを意味するだろうが、葉巻の灰が長くなるのを待ってから払い落とした可能性だってある。同様に、寒いなかで長々と立ち止まっていたのは待ち合わせをしていたからかもしれないが、チャールズ・バスカヴィルがもの思いにふけっていたか、何か興味深いものを見つけたからだとも考えられる。科学的な法則と統計的な適合性のあいだにあいた余白に滑り込み、ホームズの手法から逃れるのは、主体的な人間全般、とりわけ無意識の主体なのだ。ホームズの手法は抽象のうえでは完璧に、とてもエレガントに機能するが、警察が直面している個々の複雑な問題を解決するには必ずしも適切ではない。

＊

ホームズの手法に隙が生じる第三の要因は、事件の全体像において解読の主体が占める位置に対する無理解から来ている。科学を装ったこの手法は、解こうとしている謎に関わる者たちの心理的なファクターを捨象するが、さらには調査する側の心理的ファクターまで（それが決定的であるときでさえも）考慮に入れようとしない。

この心理的なファクターは、事件の全体像において重要な役割を演じている。探偵はその全体像をもとにして手がかりを選別し解釈するのだが、明らかにホームズのなかには、モーティマー医師が抱いていたのと同じ全体像が、調査の初めから少なくとも部分的に存在している。ホームズの仮説は犯行の図式と動機に基づいている。彼は、犬を使った殺人者という図式を描いた。犯人は伝説と犬を利用して殺人を犯した、というのだ。しかし事件のこうした構図は、ほかの可能性を排除しているということに気づくだろう。例えば、事故の可能性や――警察はその説をとっていたが――殺人が別の方法で行なわれた可能性を。いったん全体像ができてしまうと、一連の《手がかり》すべてが、たちまちその方向に引きつけられてしまう。犬の足跡がいい例だ。ほかの構図に当てはめてみれば、それは必ずしも取りあげられなかっただろう。しかもホームズは手がかりの選別と解釈のなかで、金銭的利害という動機を明らかに優先させている。もちろん金銭的利害という動機は、被害者が大金持ちのときにはなおざりにできないが、人が殺人を犯すのは金のためばかりではない。この動機を重視するあまり、バスカヴィル館の惨劇を説明しうるほかの可能性が闇に葬られてしまうのは、好ましいことではない。

ところでこうした構図全体は、まずはホームズが想像のなかで描き出したものである。もちろん彼を取り巻く人々のなかでも、同じような想像がふくらんでいるのだが。ホームズは想像に囚われまいとしているが――彼は呪われた犬の伝説を信じていない――想像の領域は現実離れした世界観と密接に結びついている。《犬の呪い》から《犬を使った殺人者》へと、単に見方が変わっただけなのだ。

ホームズが描いた構図の裏には、想像が働いていた。さらに言うならば、ホームズが想像力を発揮させるのは、彼の世界観を作りあげ、それゆえ混乱させかねない個人的な幻想《ファンタスマティック》の体系――それは探偵の性《セックス》と社会的立場によって決定されている――によって駆り立てられているからこそではないか。

＊

ホームズの手法は閉じたシステムではなく、手がかりの個別的観点からも全体像の観点からも、別な解決の余地を残している。[5] 逆説的に言うなら、ホームズの手法は豊穣だからこそ不確実なのだ。

つまり不確実とは、ホームズの豊かな発想力の代償である。複雑怪奇な解決を好むホームズの嗜好からして、いつなんどき新たな手がかりが見つかるかもしれない。それによってまた別の、もっと創意に富んだ全体像が打ち立てられるかもしれないのだ。『バスカヴィル家の犬』がホームズの誤読と結びつくや、その誤りはもっと大きな、小説全体に関わる誤りを予告しているのではないかと思わざるを得なくなる。そして真犯人は科学的な法則と統計的な一般性とのあいだに開かれた余白に紛れ込み、警察の追及と罰を逃れて安穏と暮らしているのではないかと。

5　この点については、『解釈の限界』(*Les Limites de l'interprétation*, Le livre de poche, 1992)におけるウンベルト・エーコの分析を参照。

再捜査

第一章　推理批評とは何か？

シャーロック・ホームズが使う手法に象徴されるこの種の問題を扱うため、わたしは今から十年あまり前、自ら推理批評（critique policière）と命名した独自の手法を編み出した。推理批評は小説のなかの探偵や作家よりも厳密たらんとし、より知的に満足のいく解決を練りあげようとする。コナン・ドイルのもっとも有名な長編にこの手法を適用する前に、まずは簡単な紹介として、推理批評が生まれた経緯に触れ、その原理を説明しておこう。

＊

推理批評を作りあげるにあたって決定的だった第一の要因は、ソポクレスの『オイディプス王』だった。もっと正確に言うなら、ライオス殺しの犯人はオイディプスだとする伝統的な解釈に疑問を投げかける、サンダー・グッドハートやショシャナ・フェルマンのようなアメリカ人の批評作品を読んだことによる。彼らはソポクレスのテクストに見られる矛盾点に注目し、筋立ての本当らしさ《ヴレサンブランス》に関するヴォルテールの皮肉っぽい指摘から着想を得て、たしかにオイディプスは最後に自らの有罪を認めているが、彼が殺人犯だというのは大いに疑わしいと結論づけた。[1]

問題点のひとつは、ライオスを襲った者の人数である。事件でたったひとり生き残った家来によれば、ライオス王は大勢の相手に殺されたはずだ。そしてこの証言は、一貫して変わっていないという。ところがオイディプスはひとたび自分が犯人だと思い込むと、家来の証言が捜査結果と明らかに矛盾しているにもかかわらず、再び彼を呼び出そうとはしない。この奇妙な忘却から、被告人の無罪を含めてありとあらゆる推定が可能になる。

オイディプスは無罪だと決まったら、どんな結果がもたらされるか、さまざまに想像できる。一例だけ挙げるならば、今日《こんにち》もっとも重要な理論のひとつである精神分析学は、オイディプスの父親殺しを主題にしたこの古代神話に基づくところが大きい。オイディプスが無罪だと仮定しても、フロイトが構築した理論が崩れ落ちるわけではないが、まったく無傷でいられはしないだろう。神話学の専門家のなかにはジャン＝ピエール・ヴェルナンのように、オイディプスの犯罪形質――という呼び方は時代遅れだが――をかねてより疑問視している人たちもいたが、

1　ショシャナ・フェルマン（Shoshana Felman）,「ソフォクレスから（フロイト経由で）ジャプリゾまで。あるいはなぜミステリか？」(De Sophocle à Japrisot (via Freud), ou pourquoi le policier?, *Littérature*, Larousse, 1983, n° 49.) 参照。

アメリカの批評家たちが行なった読み直しにより、犯罪行為の存在そのものまでもが問題にされたのだった。

こうした批評作品の発見から、わたしは啓示を受けた。ただひとつだけ物足りなかったのは、せっかく開いた追求の道を彼らが徹底して推し進めなかった点だ。アメリカの批評家たちはソポクレスのテクストにある不可解な点を指摘し、ライオスを殺したのはオイディプスだとは限らないとほのめかすに留《とど》まっている。それゆえ彼らのアプローチは、ネガティブなものにすぎない。次なる段階へとしかるべく駒を進め、新たな読みによって浮かびあがった謎を解いて、真犯人を暴こうとまではしないのだ。

その点、推理批評は違っている。捜査に基づくほかの批評作品だけでなく、文学批評全般と推理批評を画する相違点、それは推理批評の干渉主義だ。ほかの批評はたいてい、テクストのなかでどんなに怪しげな事態が展開していようとも、受身の姿勢でそれにコメントするだけで満足しているが、推理批評はそうやって共犯者になることを断固拒絶し、積極的に介入していこうとする。テクストの弱点を指摘し、容疑に疑問を投げかけるだけでよしとはせず、そこから考えうるあらゆる可能性を検討して、真犯人を追及するのだ。

そこに推理批評の主要な公準がある。文学作品に登場する多くの殺人は、犯人だとされる人物が犯したのではない。現実の世界と同じく文学においても、真犯人はしばしば捜査官の目を逃れ、脇役的な人物が罪に問われ断罪されているのだ。それゆえ正義に燃える推理批評は真相をただし、真犯人を捕まえられずとも、無実の人々の汚名を濯ごうとする。

＊

こうした公準を設定したなら、徹底して推し進めねばならない。それにはアガサ・クリスティが格好の場を提供してくれる。彼女の作品がミステリ界で得ている名声と、文学的な質の高さから見て、例として取りあげるには文句なしだ。もともとミステリとして構想されたのではない作品では、罪を逃れて書物のなかに隠れている犯人を指摘するのは簡単すぎてしまうだろう。

わたしが扱うことにした作品――『アクロイド殺害事件』のことだが――は必読の傑作と言われているだけに、例証もいちだんと説得力を増すはずだ。[2] これは、犯人が事件の語り手だということで有名な作品である。探偵エルキュール・ポワロは、村の名士ロジャー・アクロイドが殺された事件を調べている。語り手のシェパード医師はつけている日記のなかで、自分がポワロの調査に加わった経緯を語る。けれどもポワロによれば、シェパード医師は自分自身が犯人であり、脅迫犯だと公表されるのを恐れてアクロイドの口を封じたということを、日記のな

2　『アクロイドを殺したのはだれか』（ピエール・バイヤール　大浦康介訳、筑摩書房　二〇〇一年）

かでわざと言い落としているのだそうだ。ポワロは最後の数ページで、犯人はおまえだと勝ち誇ったようにシェパードを名ざしして、彼を自殺に追いやる。

犯人自身に捜査の成り行きを語らせるという画期的なアイディアによって、この作品の名声は不動のものとなったが、同時に一連の実質的な問題が影にかすんでしまった。テクストに見られる矛盾の数々について、ここであらためて触れるつもりはないが、真面目な捜査官ならば今日《こんにち》ポワロの結論を怪しまずにはおれないだろう。つまり読者は語りの技巧に目をくらまされて、推理批評が重視する唯一の問題が見えなくなっているのだ。語りについての考察に比べれば面白みに欠けるかもしれないが、より倫理に即した問題、つまりロジャー・アクロイドを本当に殺したのは誰かということが。

この作品が提示する問題点のなかから、もっとも単純な例を挙げよう。犯人とされたシェパード医師はアリバイ工作として、時限装置つき録音機を使ったことになっている。アクロイドの机の中にあった録音機が、目覚まし時計の原理を応用した時限装置によって自動的に動き出し、屋敷にいるほかの人々に被害者の声を聞かせた。そのときシェパードはすでに屋敷を出たあとなので、彼の無実が証明される。翌朝、アクロイド家の執事に呼ばれて現場に行ったとき、シェパードはアリバイ工作に使った録音機をこっそり持ち去ったというのがポワロの推理だった。

この時限装置つき録音機は結局発見されなかっただけでなく——証拠物件がないというのは

困りものだ――ポワロの推理は物理的にも不可能である。それほど緻密な装置を、まだ技術的にも進んでいなかった一九二六年に作るにはかなりの時間がかかる。しかし脅迫のことでアクロイドから訴えられそうだとシェパードが知ったのは、殺人が行なわれた日の朝だ。だから準備に使えるのは、ほんの数時間だった。それに複数の証言から、その日シェパードがいつ、どこで、何をしていたかは正確にわかっている。そんな装置を作る時間の余裕など、ほとんどなかったはずだ。シェパードはいつそれをしたというのだろう？[3]

ポワロの解決にはこの種の不可解な点がほかにも多数見受けられ、犯人とされる人物が本当に有罪なのかに疑問を投げかけている。けれどもわたしは、ポワロの出した結論に異議を唱えるだけでは満足できなかった。再捜査をして、真犯人を見つけ出そうとしたのだ。事件からこれほど年月がたってしまったあとに、別の誰かを訴えるというのは難しいことだが、集まった数多くの証拠から、ひとりだけいやおうなしに浮かびあがってくる人物がいた。わたしは『ア

3　もうひとつだけ例をあげるならば、シェパードがアクロイドを殺したのは、以前からファラーズ夫人（彼女はアクロイドの恋人だった）を脅迫していたことを公表されそうになったからだとされている。アクロイドは殺される日の朝に受け取った手紙のなかで、この脅迫について知ったのだ。この手紙は死体のあった部屋から発見されなかった。ということは、犯人が持ち去ったのだろう。ところが物証は何もないのに、シェパードは脅迫の件を自分から警察に知らせたのだ！　いやはや、犯人にしてはずいぶんご親切なことではないか。犯人もときにはなりふりかまわず警察に協力し、自分を逮捕させようとするものらしい。

クロイドを殺したのはだれか』の最後の数ページでその名を明かし、オイディプスの有罪を疑問視した人々の批評行為よりも一歩先へと行き着いたのだった。

＊

最初の試みはこうして成功裏に終わったが、扱った作品はそれまで文芸批評がほとんど関心を向けていないものだった。ならば推理批評という方法が、多くの専門家たちによって研究されている世界的な傑作にも有効かどうか確めてみなければならない。シェイクスピアの戯曲中もっとも有名な『ハムレット』ならば、この計画にぴったりだ。というのもこの作品はミステリ的な構造をしており、主人公のハムレットは父親が死んだときの状況を明らかにするべく調査を始めるのだから。彼は父親の亡霊から、自分を殺した相手に復讐してほしいと求められたのである。[4]

この事件《ケース》は、『アクロイド殺害事件』とはまったく様相を異にしている。すでに無数の注釈が付された作品だというだけでなく、これまで何世紀ものあいだ信じられてきたクローディアス犯人説——被害者の弟であるクローディアスは大急ぎで兄の未亡人と結婚し、王位を継いだ——に符合しない不自然な点を指摘したのは、わたしが初めてではないのだ。

ひと目見ておかしいと思われる点のなかから、一例だけ挙げることにしよう。劇中劇が行なわれる有名な場面には、不可解な問題がある。周知のとおり、被害者の息子ハムレットは叔父のクローディアスが犯人だと確信して、彼を罠にかけることにした。容疑者の前で殺人の場面を演じるよう旅芸人たちに命じて、その反応をうかがおうというのだ。クローディアスの反応はハムレットの予想どおりで、クローディアス犯人説はますます強まる。犯人は眠っている被害者の耳に、毒を流し込んだのだろう。それと同じ手口で殺人が演じられるのを見て、クローディアスは苛立ち始め、いきなり部屋を出ていった。

ようやく二十世紀初頭になって、ほかの読者よりも注意深かった批評家ウォルター・ウィルスン・グレッグがこの解釈を打ち砕いた。シェイクスピアの時代、芝居上演の前にはたいていパントマイムがあり、そこで役者は芝居のハイライト場面を無言で演じたとグレッグは指摘した。それは旅芸人の芝居でも同じで、毒殺の場面はまず最初にパントマイムで演じられたとはっきり語られている。

するとひとつ問題が出てくる。どうして何世紀にもわたり、誰も疑問に思わなかったのか不思議なほどだが、もし本当にクローディアスが兄殺しの犯人だったとしたら、殺人の場面が最初に演じられているあいだは平然とその場にすわったままでいたのに、二度目のときに怒って席を立ったのをどう説明したらいいのだろう？　シェイクスピア学者たちによって示された仮

4　『ハムレット事件を捜査する――耳の聞こえない者同士の対話』(*Enquête sur Hamlet. Le Dialogue de sourds*, Minuit, 2002.) 参照。

説――例えばクローディアスはだんだんと苛立っていったというような説――は説得力に欠ける。そうなると、別の仮説を考える余地もありそうだ。クローディアスは無実なので最初に演じられたときには落ち着いていたが、二度目のときには部屋でハムレットが立てる物音に苛つかされ、出ていってしまったというような。そのことは芝居のト書きにもはっきりと書かれている。

内心のためらいを乗り越えて、クローディアス無実説を受け入れたならば、すぐに捜査を再開して、シェイクスピアの戯曲のなかにこの殺人を犯しうるような別の容疑者がいないかどうかを考えてみなければならない。『ハムレット事件を捜査する』でわたしはそれを実行し、戯曲のなかで語られ、大多数のシェイクスピア学者たちが認めているのとは別の結論に達したのである。この結論がシェイクスピア批評から支持されるようになったあかつきには、それに基づいて『ハムレット』の演出にもかなりの変化が見られるようになるはずだ。

＊

オイディプス、シェパード医師、クローディアスは皆が言うような殺人犯ではないかもしれないと、わたしはここまで述べてきた。そういう意見を、どう評価すればいいのだろう？　一見すると、それは誤った命題のように思える。というのも、作品に書かれていることと合致していないようだからだ。けれども、ことはそれほど単純ではない。文学テクストは限られた数の発話からなっているのだから[5]、その内容に反する妄想的な解釈はたしかに入り込めないが、そうした文学テクストの閉鎖性とは物理的閉鎖であって、主観的閉鎖となると話はまったく別である。これはどういうことか？

まず初めに強調しておかねばならないが、真実の発話（「ハムレットはクローディアスの甥である」）と虚偽の発話（「ハムレットはオフェーリアの兄である」）の区別がたやすいのは、テクストが述べていることを多かれ少なかれただ繰り返すだけの凡庸な読解の場合である。解釈的批評とまでは行かずとも、少しでも作品の心理学的分析をしようとするならば、テクストという発話の枠をたちまち越えて、推測の域へと身を投じなければならない。それはテクストを基にしているが、確固たるテクストのお墨付きが得られない領域である。だからテクストが言っていることだけに留まるなら、異論は出ずとも退屈な読解になってしまうだろう。

さらに重要なのは、作品によって程度の差はあれ、文学テクストが作り出す世界は不完全な世界だということである。断片化された、不均質な世界と言うべきだろうか。登場人物や会話の切れ端からなるばらばらな世界だ。歴史の研究であれば、欠けている情報も調査によっていつか埋められるかもしれない。けれども作品世界が不完全なのは、そうした情報の欠如ではな

5　異本《ヴァリアント》や下書きも考慮に入れるならば、若干の留保は必要かもしれない。物理的閉鎖と主観的閉鎖との区別についても、前掲書『アクロイドを殺したのはだれか』一八二―一九四頁を参照。

く、構造的な欠如によっている。文学テクストの世界は完全性を失ったのではなく、そもそも完全だったことなど一度もないのだ。文学においてわれわれが対象としているのは、いわば穴だらけの世界なのである。

こうした欠落はとりわけ描写に顕著だ。それゆえ描写は読解の可能性を限定すると同時に、また多くの可能性を想像力にゆだねている。昔からよく言われることだが、文学における描写は具象絵画や映画に比べ、読者が創造性を発揮する余地が大きい。そこが文学の面白いところなのだ。

またどんな物語も直接的あるいは間接的な《言い落とし》によって、広大な語りの空間を想像力にゆだねている。一見すると、こうした未踏の地で何が演じられているのかなど、読者と無関係に思えるかもしれない。しかし描写の場合と同じように、読者はここでも欠落を補うよううながされているはずだ。とりわけ、欠落した出来事の謎めいた痕跡をテクストが留めているときには。

描写や語りにおける欠落に加えてもうひとつ、登場人物に関わる欠落も挙げねばならない。登場人物の人生を形作る心理的な要素や出来事のうちには、読者に伝えられないものも数多くある。こうした曖昧さと深い関係にある重要な点については、後ほど詳しく検討するつもりだが、ともあれ、それが文学作品の登場人物に固有の存在形式なのだ。文学作品の登場人物は、与えられたよりもずっと大きな自律性を享受しているとわたしは確信している。それゆえ作者や読者が知らないうちに、彼らは主体的な行動をし始める。そして登場人物が自律しようとすればするほど、彼らの内に大きな変動が生じて、文学作品の世界はますます不完全に、ますます閉じがたいものになる。

*

しかしながら、文学作品の世界が抱えるこうした不完全性は絶対的なものではなく、読者の介入によって狭めることができる。実際、人は本を読むとき、全面的とは言わないまでも部分的にテクストの欠落を補っているはずだ。こうした補完作業は——主観的な閉鎖と言ってもいいが——描写だけでなく、登場人物の思考や行動の欠落についても行なわれている。どれだけ正確で、意識的なものかは読者によってさまざまだが、補完作業がなくなることはない。それゆえひとたび表面的な合意が失われると、同じ本の読者同士でも現実的な意思の疎通ができなくなる。厳密に言うならば、彼らが語っているのはもはや同じ本ではないのだから。

こうした補完作業を考慮に入れるなら、何か客観的なテクスト、共通のテクストがまずあって、それぞれの読者がそこに自らを投影するのだと考えるのは現実に即していない。仮に客観的なテクストが存在するとしても、いかんせん主観性のプリズムを通してしか近づき得ないだろう。作品を作りあげ、作品が開いた世界をいっとき閉じるのは読者であり、読者はそれを毎回違ったやり方で行なうのだ。

作品世界がこのように不完全で、主観的にしか捉えられないものだとするなら、それぞれの作品のまわりには、ある中間的世界が存在するのではないだろうか。テクストは限られた数の発話から成り、情報の補充もままならないがゆえに生み出された世界が。読者がそこに——意識的な部分もあれば無意識的な部分もあるが——推測をめぐらすことで、作品は補完され自律性に到達できる。それは固有の法則を持つ空間のなかで、テクストそのものよりもより流動的で個人的な別世界である。けれども読者と無限の出会いを繰り返すなかで、テクストが最低限の一貫性を獲得するためには必要不可欠な世界なのだ。

文学作品のまわりに、こうしたいくつもの中間的世界が存在すると認めれば、やがて歯止めが利かなくなり、クレーヴの奥方には隠れた愛人がいたとか、彼女は毒を盛られて死んだとか、作品を見境なく補完してしまう恐れも出てくるだろう。けれどもほかに道はない。アガサ・クリスティの小説やシェイクスピアの戯曲のように、語り手や主人公の善意が悪用されることもありうるが、さらに推理批評は作者自身の善意もまた常に裏切られると仮定する。作品は作者の手から逃れる運命にあるのだ。というのも作品は不完全なものだから、そのつど読者の主観によって、異なったやり方で閉じられるのだから。

こうした仮定に従うなら、作品によって開かれた文学世界のまわりには、たくさんの別な世界が存在することになる。われわれはそれを自らのイメージと言葉によって補完できる。作品に忠実たれという偽善的スローガンの下に、こうした補完作業を自己規制するのは現実的でない。補完作業を意識のうえで拒むことはできても、作品固有の要請と、作品が置かれた時代の要請に応じてその世界を無意識に拡張することまでは避けられないのだから。

どうせ補完作業が必要不可欠なら、なるべく厳密に行なったほうがいい。というのも、ひとつの作品には多数の中間的世界が潜在しているが、それらはまったく同等というわけではなく、その信憑性に応じて個人的な面からも集団的な面からも序列化できるからだ。まず個人的な面では、文学テクストの補完作業は読者ひとりひとりの感性に従い、ミステリの分野では読者が犯罪者や犯罪をどう捉えるかに応じて、異なったやり方で行なわれる。

ありうべき中間的世界はまた時代によって、その時代の批評観や科学研究の進歩によっても変化する。だから時代が変われば、われわれが読んでいる作品ももはや同じものだとは言えない。今日、われわれは集団的に、現代とは異質なテクストの細部に注目する。読者がテクストにもたらす補完のタイプによって、その細部はわれわれを新たなアプローチへと導くだろう。

＊

つまりオイディプスやシェパード、クローディアスは本当に犯人なのかということ、それ自体が問題なのではなく、『ハムレット事件を捜査する』のなかでわたしが内的パラダイムと呼んだものの枠組みで、読者ひとりひとりがこの問いに向き合うことが重要なのだ。内的パラダイムとはほかに比類のない世界を表わす総体であり、われわれのひとりひとりを特徴づけ、その時代が課す問題群の内部で、個人と現実との遭遇を構造化するものである。

そうした個人的パラダイムの内部でこそ、成功のチャンスにかけた厳密な捜査が繰り広げられ、作品を拡張する中間的世界のひとつに深く根を下ろした真実が、いっときその不確かな形を見せるだろう。

第二章　複数の語り

推理批評は疑り深さをその性《しょう》とし、出来事や行為がどう示されるのかに最大の関心を抱いている。批評眼がさほど鋭くない読者なら、語り聞かされたことは何の疑問も抱かずに受け入れるだろうが、推理批評はどんな証言もそのまますんなり信じることなく、耳に入るものはすべて徹底的に疑ってかかる。

推理批評が事件を扱うとき、それがいかに語られているかに注目する。何事も疑わずにはすませられず、証言をひとつひとつふるいに掛け、証人について、証言がなされた状況について、証言することになった動機について自問自答を繰り返す。テクストのなかで明らかな事実として示された数多くの要素も、よくよく見れば単なる証言にすぎない。推理批評はそこから、あらゆる可能性を導き出そうとする。

＊

この点、シャーロック・ホームズの冒険譚、わけても『バスカヴィル家の犬』には驚くべき特徴がある。読者に出来事を伝えるのは、とりあえず信頼の置ける作者自身、あるいは全知の語り手ではなく、名探偵の友人にして助手のワトスン博士なのだ。

こうした語りの手法はなにも珍しいものではなく、小説内に登場する人物のひとりが語り手役を演じるのはよくあることだ。けれども犯罪捜査という、すべてを疑わねばならない状況に身を置くとき、ここに特殊な問題が浮上してくる。つまり『バスカヴィル家の犬』は、デヴォンシャーの荒地《ムーア》で起きた出来事、あるいはシャーロック・ホームズの調査をそのまま語っているのではなく、ワトスン博士が見聞きした範囲での出来事や調査を語っているのだ。

あいだに人がひとり介入している以上、読者が目にするのはあるがままの事実ではなく、語り手が伝えた出来事である。となると主観のプリズム、つまり知性や感性、記憶力のプリズムを通して見た出来事なのだから、大いに疑わしくなる。この本に書かれていることは、ホームズの結論も含めてすべて、ひとつの証言から来ている。たしかに証言者は事情に通じていて、おそらく善意の持ち主だろうが、事件に密接に関わっていたからといって、真実の出来事を報告したとは言いきれない。

*

さらに事態を複雑にしていることがある。この登場人物は主観的な語り手ゆえ、ただでさえ疑わしいのに、まったく愚鈍な男だとされているのだ。ワトスンは周囲で何が起きているのかまるでわかっていないと、小説のなかで面白半分に揶揄《やゆ》されている。ホームズが友人の知的能力を見下しているのは、秘密でも何でもない。ホームズは冒険譚のなかで、何度も繰り返しそう言っているのだから。『バスカヴィル家の犬』の冒頭でも、モーティマー医師が初めてやって来る前に二人が交わした会話のなかで、しっかりその話題は持ち出されている。ホームズは依頼人が忘れていったステッキからどんなことがわかるかとワトスンに尋ね、彼の推理を聞いてこう応じた。

「すごいじゃないか、ワトスン（……）このさい言わせてもらうが、きみは日ごろぼくのささやかな仕事の成果をああして好意的に世間に発表してくれてる、そのなかで、とかくきみ自身の能力を軽く見すぎるきらいがある、ぼくはそう思うんだ。いってみれば、自ら光り輝く発光体ではないものの、その光をじゅうぶんによそに伝えられる良導体、それがきみなのさ。世のなかには、自分自身は天才をそなえていなくても、その天才を刺激するというすばらしい力をそなえた人間がいる。というわけでね、わが親愛なるワトスン、ぼくはおおいにきみのおかげをこうむってるというのがほんとのところなんだよ」（一一頁）

日頃、ホームズから受けている扱いからして望外の褒め言葉を頂戴し、ワトスンは一瞬有頂天になる。

ホームズがここまで言ってくれたことなどついぞなかったから、いまそう聞かされて、つくづくうれしかったことは認めざるを得ない。これまで私がどれだけ賛辞を呈しても、彼は平然と聞き流すだけだったし、彼の推理法を世に知らしめようと、私がかねがね心を砕いていることにも、向こうはもっぱら無関心を通していたから、その冷淡さにこちらが傷つくことも一度ならずあったのだ。つけくわえるなら、いまはうれしいのと同時に、誇らしくもあった――（一一一二頁）

しかしワトスンの喜びも、長くは続かなかった。刺激を貰って感謝しているとホームズが言った意味が、すぐにわかったのだ。

（……）友人は私の手から問題のステッキをとり、そのまま数分間、肉眼でじっくりとながめていたが、やがて、ふと興味を覚えたらしい表情になると、くわえた煙草を置き、ステッキを窓ぎわへ持っていって、そこでもう一度、今度は拡大鏡を使って、入念に検《あらた》めにかかった。

「こいつはおもしろい――といっても、初歩的なことだが」そう言いながら、いつもの長椅子のお気に入りの場所へともどる。「たしかにこのステッキには、ひとつふたつ、示唆を与えてくれる点がある――いくつかの推理の土台になってくれそうな点がね」

「ほう。というと、ぼくがなにか見落としていたとでも?」私はこころもち尊大に言ってのけた。「大事な点は、なにひとつ見のがしちゃいないと思うんだがね」

「あいにくだけど、ワトスン、さっききみの出した結論、あれはほとんどまちがってる。いま、きみはぼくを刺激してくれると言ったけど、あれはざっくばらんに言えば、きみの思いちがいに注目することで、ぼくが正しい結論に導かれることがままあると、そういう意味なのさ(……)」(一二頁)

きみが山ほど間違いをするおかげで、自分は真実に導かれるなどと言われても、褒められたことにはならない。ワトスンは「その光をじゅうぶんによそに伝えられる良導体」だという言葉は、そういう意味だった。そもそもワトスンには、現実が把握できない。だからこそ、ホームズの思考を刺激する能力があるというわけだ。

＊

もっともこの小説でワトスンが終始行なっている調査を見ると、ホームズの言うことももっともだと思わざるを得ない。というのもワトスンが間違った分析をしたのは、モーティマー医師のステッキについてばかりではなく、彼は何が起きているのか――とまれホームズの見立てによれば――まったく理解していなかったのだから。

たしかにワトスンはヘンリーの助けを借りて、バリモア夫妻の怪しげな振舞いの謎を解き、彼らと脱獄囚セルデンの関係を見事明らかにした。しかしそれはバリモア夫妻が告白したからこそだし、この作品全体のなかでワトスンがあげた数少ない成果の一例だ。たいていの場合、彼は真実を捉えそこねている。

例えばワトスンは、荒地で見かけた謎の男が何者かを――ホームズその人だったのだが――見抜くことができなかったし、フランクランドに助けを求めて謎の男を見つけ、跡をつけたにもかかわらず、男の正体に気づかないうちに、煙草の銘柄から自分の身元を先に知られてしまった。

ワトスンはまた、荒地《ムーア》に暮らす登場人物たちがいかなる人間関係にあるのかも解明できなかった。ステープルトン兄妹が本当は夫婦だったことにも、ローラ・ライアンズとジャック・ステープルトンが愛人関係にあったことにも、ジャックがバスカヴィル家の縁戚だったことにも気づかなかった。しかもワトスンが目を離したせいで――少なくともホームズが組み立てた事件の構図ではそうなっている――ヘンリーは危うく犬に襲われるところだった。犬は服の臭いに騙されて、セルデンに襲いかかるのだが。

ワトスンの見立てが間違い続きなせいで、読者は常に盲点だらけのテクストを相手にする羽目になる。読者はあとになって、ようやくそれに気づくのだ。[1] こんなに勘違いばかりし、誤った証言で読者を惑わしている以上、彼がホームズの出した結論の正しさを暗に認めている最後の部分も、全面的には信用しがたい。

*

『バスカヴィル家の犬』において、ワトスンはしばしば語りの任を別の登場人物に譲っている

1　岩山の男に関する部分がその一例である。「もっとも私には、自分の経験というガイドがある。あの怪人物が〈ブラック・トーア〉のてっぺんに立っているのをこの目で見ているのだから。ならば、その岩山にこそ捜索の中心を置くべきだろう。そこを出発点に、周囲に手をひろげてゆき、目標のものに行きあたるまで、岩室という岩室を片っ端から調べてまわるまでだ。もしも、めあての男が岩室のなかにいたら、そのときは本人の口から、必要ならばピストルをつきつけてでも、おまえはいったい何者で、なにゆえにかくも長期間、われわれをつけまわしているのかを問いただしてやる。リージェント街の雑踏のなかでなら、われわれをまくことも可能だったかもしれないが、この無人の荒野では、そうはゆくまい。またいっぽう、それらしき岩室を見つけても、住人が不在の場合には、たとえどれだけ時間が長びこうとも、そいつがもどってくるまで、そこにがんばりつづける。すでにホームズはロンドンでそいつを取り逃がしている。もしもこの私がそいつを見つけだし、師匠の失点をとりもどすことができたら、どんなに痛快だろうか。」（二二三−二二四頁）

できそうに思えても、直接確かめられない場合が多い。語り手役を担った人物の言は信頼だけに、語り手の信用性という問題はとりわけ重要である。

語り手役が移行するもっとも特徴的な例のひとつは、冒頭でモーティマー医師が事件の説明を担う部分である。チャールズ・バスカヴィルの死体を見たのはもちろんモーティマーだけではないが、彼ひとりが近くにあった犬の足跡に注目したのだった。ところがなぜかモーティマーは、それを警察に知らせるのは得策ではないと判断する。

モーティマー医師の声もふるえを帯びていて、語った医師自身、話の内容に深く動揺していることをうかがわせた。いっぽうホームズは、興奮の面持《おもも》ちで目を輝かせ、一膝のりだした――この種のかたく鋭い光をその目が放つのは、なにかに強い興味を感じたときと決まっている。

「見たんですね、それを?」

「見ました――いまこうしてあなたを見ているのとおなじくらいにはっきりと」

「なのに、いままでそのことは口外されなかった?」

「しても、なんの益もありませんから」

「ほかにそれを見たものがいないというのは、どうしてです?」

「足跡は遺体から二十ヤードばかり離れた位置にあり、だれもそこまで探すことは思いつかなかったのです。わたし自身、あの伝説を知らなかったら、そうはしなかったでしょう」

(四二頁)

モーティマーは数ページだけですぐに語り手役を降りるが、彼の話はホームズの調査を決定づける。チャールズの死には犬が絡んでいるのではないか、これは殺人事件ではないかという仮説は、モーティマーの話から来ているのだから。それゆえホームズの調査とその結果は、この重要な証言の真実性にかかっている。もしモーティマーが何らかの理由で不正確な話を伝えたとしたら——例えば、別の動物の足跡を犬のものだと思い込んでしまったとか——ホームズの推理は根底から崩れてしまう。すべては伝聞にすぎないという事実は、看過できない結果をもたらすのだ。

*

モーティマー医師の証言を無条件に信じるわけにはいかないが、ほかにもこの事件に関わる重要な登場人物たちは皆、時どきの状況に応じて物語の一部を語っていて、そうした証言にも疑いの余地はある。語り手役を演じないのは直接登場しないセルデン、それに犬ぐらいなものだ。

例えばヘンリー・バスカヴィルがデヴォンシャーに来る前、どのような生活を送っていたかは、本人の言を信じるしかない。セルデンの人となりについては、バリモア夫妻の説明があるだけだし、ジャック・ステープルトンとベリルが荒地に引っ越してくる前の暮らしぶりや、ローラ・ライアンズがチャールズ・バスカヴィルと待ち合わせをした経緯、フランクランドが娘のローラ・ライアンズと会いたがらない理由についても、それぞれ本人から聞く以外にはわからないことばかりだ。

シャーロック・ホームズの話ですら、疑問視しないわけにはいかない。なにしろすでに見たとおり、『バスカヴィル家の犬』を含めて多くの作品で、彼は何度も間違いを犯しているのだから。ワトスンがひとりでヘンリー・バスカヴィルの警護にあたっているあいだ、ホームズがロンドンで続けていたという調査も、本人がそう言っているだけだ。ホームズの証言だけを特別扱いする理由など何もない。

シャーロック・ホームズがいかに優れた頭脳の持ち主で、数々の難事件を解決していようとも、ほかの登場人物と同じひとりの人間であり、彼が最後に明かす事件の真相なるものも、ひとつの視点にすぎない。ホームズ自らが進めた調査の結果だからして、興味深いのは事実だが、ほかにも十分納得のいく視点が並列するのを妨げることにはならない。

こんなふうに語り手役がしばしば別の人物に譲られるからといって、ワトスンが一番の責任者であることに変わりはない。いったん移った語り手役は、必ずまたワトスンに戻るし、そこには必然的に彼の手直しも入るからだ。けれども別の人物の話をもとにしている以上、ワトスンの証言はますます確実性を欠き、信用しがたくなる。

*

結局のところ、読者が自分なりに事件を捉えようとすると、いくつもの不確かな証言を扱わねばならなくなる。なかには意図的にでっちあげられたものも、あるかもしれない。ワトスンによる第一の語りがこれらの証言をふるいにかけるが、彼の語り自体が最初から信用できない。こうしたつぎはぎの語りを前にしたら、よほど頑固な信念がない限り、公式に真実とされているものを全面的に支持するわけにはいかないだろう。デヴォンシャーの荒地《ムーア》を血に染めた惨劇について、一世紀以上前からわれわれに押しつけられている公式見解は、およそ良識とはかけ離れたものなのだから。

第三章　犬のための口頭弁論

『バスカヴィル家の犬』の強烈な印象は、数々の映画化作品――それは公式見解を追認するものだが――によってさらに増幅され、われわれのうちに残されている。それはイギリスの荒地《ムーア》に恐怖を撒き散らす怪物じみた巨犬が、暴力や恐怖によって犠牲者たちを死に導くという、怪奇小説すれすれのイメージである。

疑り深さを旨《むね》とする推理批評は、こんな一面的な捉え方を無条件に受け入れるわけにはいかない。巨大な犬の存在は、多くの証人が立ち会っている最後の場面から見て疑いえないとしても、この犬のせいで何人もの人々が死んだというのは、ホームズが思っているほど明白ではない。犬が殺人を犯したとされる三つの場面について、慎重に調べなおす必要があろう。

＊

それゆえ読者が浸りがちな怪奇幻想的雰囲気と決別し、事実だけに目を向けながら、これら三つの場面をそれぞれ冷静に取りあげていくことにしよう。

チャールズ・バスカヴィルが死亡した状況から考えて、現場に巨大な犬がいたのは事実らしい。たしかにここではモーティマー医師の証言から推測しているにすぎないが、犬は最後の場面でついに姿を現わす。それなら、チャールズが死んだ現場に犬がいても、なんら不思議はない。しかしそれだけで犬がチャールズを殺したとか、チャールズ殺しの共犯だと言えるだろうか？

巨大な犬が人間を噛み殺すことはありうるが、今回に限って言えばこの告発は根拠に乏しい。というのも現場から見つかったのは、犬が歩いた跡だけなのだから。ところがモーティマー医師が示し、ホームズも認めた見解にはあれこれおかしな点があり、それだけでもとうてい受け入れがたい。

おかしな点というのは、ホームズが二つの矛盾する事実を無理矢理一致させようとしていることによる。つまり犬はその場にいたのに、チャールズに襲いかかっていないという事実だ。被害者には噛まれた跡はまったくないが、殺人目的で犬が連れてこられたのだとしたら話が合わない。

ホームズはこの問題を解決するために、次のような大前提を持ち出す。犬は、チャールズを恐怖のあまり死にいたらしめるとすぐに足を止めた、犬は、死体を食べないからだと。しかし、これは現実にはそぐわない、奇妙な断定だ。そもそもフィクションのなかでも、アタリーの夢[1]からバルベー・ドールヴィイの「ある女の復讐[2]」にいたるまで、何の躊躇もなく死体を食べる犬が描かれている。

しかしどんな仮定も退けるべきではないし、たまたまこの犬は生きた肉しか好まなかったということもありうる。そこがまた、まったくもって奇怪至極なのだ。出来事が展開したスピードを考えると、ほとんど物理的に不可能ではないか。足跡から見て、犬は被害者から二十ヤードほどのところにいた。だから全速力で走れば、数秒で被害者に達したはずだ。そんな短時間でチャールズが心臓発作を起こして死亡したと、はたして考えられるだろうか？ いっぽう犬のほうも正確な診断を下し、口に合わないからと死体の手前であきらめたなんて。*

あとで触れるつもりだが、犬がチャールズに飛びかかろうとして突然足を止めたわけは、ホームズの推理よりもずっと簡単に説明がつく。しかしホームズは犬を使った殺人者という自らのシナリオに拘泥《こうでい》するあまり、検討するに足るほかの仮説にはまるで気がまわらないのである。

＊

犬を使った殺人者という妄想で頭がいっぱいになったホームズは、犬などいないところにまでこのシナリオをあてはめてしまう。セルデンが死んだときがそうだった。

脱獄囚のセルデンは、警察や軍隊の山狩りで捕まるかもしれないという不安に慄《おのの》きながら荒《ムー》地《ア》に逃げ込み、霧深い晩に崖から転落死した。そのこと自体、特になんら驚くべきことではないが、ホームズはそこにも犬の存在を見出す。たしかにホームズとワトスンが死体を発見する直前、荒地《ムーア》から響く叫び声と犬のうなり声が聞こえた。けれども、落下しかけたセルデンが木の枝か岩にでもしがみついて助けを求めたとすれば、叫び声は説明がつく。原野で犬のうなり声は珍しくなかろうし、事実この小説でもほかにうなり声が聞こえたときはある。

そもそもセルデンの死体や周囲の自然環境に犬の痕跡は残っていなかったのだから、犬に襲

1　有名な夢の終わりで、アタリーは犬に食いちぎられた母親の死体を目にする。「なんと、わたしが見たものは泥にまみれ、傷ついた肉と骨の塊り、血だらけのぼろきれと、野犬どもが争ってむさぼり喰らう無残な肢体だけ」ラシーヌ『アタリー』（佐藤朔訳）『ラシーヌ戯曲全集Ⅱ』（人文書院）三二八頁

2　バルベー・ドールヴィイの中編小説「ある女の復讐」のなかで、公爵は不貞をはたらいた妻の目の前で、彼女の愛人の心臓を犬に食らわせる。「しかし、これほどの愛を目の当たりにした公爵は、情け容赦なく、残忍になりました。犬たちがわたしの目の前でエステバンの心臓を貪り食ったのです。わたしは公爵から心臓を取りあげようとし、犬に飛びかかりました。だが、奪うことはできませんでした。犬はわたしの体を恐ろしい噛み傷で覆いつくし、いつまでも離れず、わたしの衣服で血だらけの口を拭ったのです」バルベー・ドールヴィイ『悪魔のような女たち』所収（中条省平訳、ちくま文庫）四〇八頁

*訳注　犬とチャールズとの距離は必ずしも足跡からは確定できないように思えるが、バイヤールの提起している疑義は大筋で納得のいくものだろう。

われたという推理には無理がある。セルデンが落ちた岩場のまわりは荒地《ムーア》で、巨大な動物の足跡があれば難なく見つかるはずだ。

もうひとつ、現場に犬がいたかどうか疑わしいと思われる点がある。死体を見つけた直後、ホームズとワトスンのところにステープルトンがやって来る。彼も脱獄囚の叫びを聞いたのだ。もしステープルトンがセルデンに犬をけしかけたのなら、彼の脇か近くに犬もいるはずだが、そんな気配はなかった。それならステープルトンは、いったいどこに犬を隠したのだろう？犬のせいでセルデンが死んだとはにわかに信じがたいだけに、訴え出ても無駄だろうとホームズはワトスンを諭《さと》す。チャールズ・バスカヴィルが犬に襲われて死んだという証拠もまったくないのだし、セルデンの死についても殺人事件だという確証はないからと。

「今夜だっておなじさ――事態がさほど好転したわけじゃない。ここでもまた、犬と、あの脱獄囚の死とのあいだには、直接のつながりはないんだ。だいいちぼくら自身、犬を見てはいない。声を聞いただけで、そいつがあの死んだ男を追いまわしていた事実まで証明するのは無理だ。ついでに言うと、動機もまったく見あたらない。だからね、きみ、残念ながらいまのところは、おおそれながらと訴えて出られるだけのものはなにひとつつかんじゃいない（……）」（二六二頁）

そして現実に事件は存在すると主張するワトスンに向かって、ホームズはいっとき正気が戻ったかのように、こう答えるのである。

「ないね、そんなものはこれっぽっちもない――あるのはたんなる臆測、推定の話だけさ。あんな伝説と、こんな証拠とも呼べない証拠と、ふたつそろえて訴えでてみたところで、法廷では笑いものになるのがおちだよ」(二六一―二六二頁)

*

チャールズ・バスカヴィルとヤルデンの死について、おそらく犬は無実だろう。しかし第三の襲撃、すなわちヘンリー・バスカヴィルが襲われた件まで無実とは言いがたい。というのも犬は読者の目の前で、嚙み殺さんばかりに激しくヘンリーを襲っているのだから。犬はヘンリーに飛びかかり、「地面に押し倒し、あわや喉笛に嚙みつこうと」(二九三頁)している。ほかの場面と違って今回は多くの目撃者がいるだけに、反論の余地がなさそうだ。

しかしながら、犬を使った殺人者というホームズの妄想を信じているワトスンとは違った目でこの場面を見てみるならば、事態はそうした当初の見解よりもう少しこみいっているように思える。恐ろしい燐光を放つ巨犬がヘンリーのほうに突進し、飛びかかったのは事実である。

しかしいかに恐ろしげとはいえ、もともと犬は襲いかかるそぶりなどまったく見せず、ただ野原を走っているだけだった。犬が荒れ狂い始めたのは、ホームズとワトスンに傷を負わされてからだった。

ひらり、ひらりと、長く大きな跳躍をくりかえしつつ、その巨大な黒い生き物は、私たちの友人のあとを追って駆けてきた。思いもよらぬまぼろしの犬の出現に、私たちはしばし呆然と立ちすくみ、やっと気をとりなおしたのは、そいつが前を駆け抜けてゆくのを手をつかねて見送った、そのあとのことだった。それからようやく、ホームズと私の銃が同時に火を噴き、化け物犬はぎゃっと一声、聞くもおぞましい叫びを発した。すくなくとも一発は命中しただろう。とはいえ、それで動きを止めるでもなく、なおも跳ねるように走りつづける。道のはるか先で、サー・ヘンリーがこちらをふりかえるのが見えた。月光を浴びて、顔面は蒼白、恐怖に両手をあげて立ちすくみ、追いすがってくるその怪物を、ただなすすべもなく見つめているきりだ。(二九二―二九三頁)

ワトスンの証言を検討してみるならば――彼は端《はな》から犬が悪いと思い込んでいるのだから、同情で言っているはずはないが――事態が推移した順番に関して疑問の余地はない。犬は銃弾を受けるまで攻撃性を示しておらず、ヘンリーに飛びかかるのは発砲されたあとなのだ。

確言はできないものの客観的に見て、発砲により攻撃が食い止められたのではなく、発砲により攻撃が引き起こされたのだと思わざるを得ない。はたして銃を撃たなくても犬は攻撃しただろうかと、疑問を抱いても当然だ。銃弾を受けた犬が凶暴化し、攻撃者のひとりと思しき相手に飛びかかったからといって、責めることができようか？

＊

しかし犬の攻撃性に対する疑念よりも、もっと重要なことがある。ワトスンの証言を注意深く読み返してみると、犬を使った殺人者という妄想が彼の語りに微妙な影響を与えている様子が見て取れる。さらにその影響は、事件そのものにも及んでいるだろう。犬は登場の前から、ほんのささいな点にいたるまで、怪奇小説の鋳型にはめ込んだ語り口に捉えられていた。そうした変容は、待ち伏せの場面にとりわけはっきりと現われている。

「しっ、静かに！」ホームズが叫び、つづいて、ピストルの撃鉄を起こしたのだろう、かちっと鋭い音がした。「気をつけろ！　くるぞ！」

うずまく霧の層の中心あたりから、かすかにぱたぱたと連続的な乾いた音が聞こえてきた。霧は私たちの待ち伏せ地点から五十ヤード以内にまで迫ってきていて、その中心からどんな恐ろしい魔物がとびだしてくるかと、われわれ三人、不安をおさえつつ、じっとそこを凝視するばかり。私はホームズのすぐそばにいたので、このとき一瞬だけ視線をはずして、ちらと友人の顔をうかがったのだが、その顔は青ざめてはいるものの意気軒昂としていて、月光を受けた目もきらきら躍っている。ところがつぎの瞬間、いきなりその目がとびださんばかりにくわっと見ひらかれ、くちびるが驚きに半びらきになった。（二九〇―二九二頁）

三人の男たちはまだ何も見えないうちから、激しく興奮していた（「その中心からどんな恐ろしい魔物がとびだしてくるかと、われわれ三人、不安をおさえつつ、じっとそこを凝視するばかり」「（ホームズは）青ざめてはいるものの意気軒昂としていて、月光を受けた目もきらきら躍っている」）。そうした精神状態では、視界に現われるものすべてが、いやおうなしに恐ろしく感じられてしまう。彼らは超自然的な世界に浸りきるあまり、あるがままにものが見えなくなっているのだ。

こうした状況《コンテクスト》のなかで、犬が恐ろしい怪物に思えたとしても驚くにはあたらない。と思うまもなく、ふいにレストレードがわっと恐怖の叫びをあげて、うつぶせに身を投げだし、そのまま地面に這いつくばった。私もあわてて起きあがり、わななく手でピストルを構えようとするものの、いまとつぜん霧のカーテンを破ってとびだしてきたもののあまりの恐ろしさに、頭のなかは真っ白、体も思うように動かない。（二九二頁）

恐怖にあえぐワトスンの目に、犬は地獄から抜け出た神話的怪物のように映る。

それは犬だった――巨大な漆黒の犬。だが、いまだかつて人間の目が、このような化け物犬を見たことがあるだろうか。ぐわっとひらかれた口からは火が噴きだし、両眼は燠火《おきび》さながらに爛々《らんらん》と燃え、鼻面《はなづら》から首毛から喉の下の垂れ肉から、いたるところがちらちら揺れる炎にふちどられている。かりに意識が混濁して、譫妄《せんもう》状態にある人間が、どれほど支離滅裂な悪夢に引き裂かれようと、いま霧の層からあらわれでたこのもののおそるべき姿、凶悪な面構え以上に凶悪なもの、凶暴なもの、思わず心胆を寒からしめるものなど、およそ夢想すらできまい。（二九二頁）

ワトスンとは反対に、怪奇小説や神話のプリズムを通して見るまいとするならば、ホームズやワトスンが目にしているのは、単に燐を塗った黒い巨犬が荒地を疾走するさまだと認めざるを得ないだろう。たしかに何らかの説明は要するが、異界の出来事とまでは言えない。怪奇幻想的な彩りはこのラスト・シーンでもっとも鮮明になるが、犬による前の二つの《攻撃》を語るときにもすでに始まっている。モーティマー医師による犬の描写がいい例だ。モーティマーはロンドンでホームズ、ワトスンと初めて会ったとき、犬を目撃した人々の証言を伝えて、「(……)あの恐ろしい出来事が起きるのより前に、土地の何人かがある種の生き物をムーアで目撃しているのです――先ほどのバスカヴィル家の伝説と特徴の合致する、現代の科学では説明のつかない怪物を。目撃談ではいずれも、途方もなく巨大な動物で、全身からぼうっと光を放ち、無気味で、この世のものとは思えなかった、と。(……)」(四六頁)と述べている。セルデンが死んだとき、当然のことながら犬は直接姿を現わしていないが、ホームズとワトスンは荒地で聞こえた声から犬がいるものと想像し――それが犬の声だという証拠は何もないのに――恐ろしい犬の様子を思い浮かべるのである。

またしてもさいぜんのとおなじ苦悶の叫びが、夜のしじまを衝いて響きわたった。いまはますます大きく、ますます近くなってきている。そして今度はその声に、もうひとつ新たな旋律が加わった――低く、太い、つぶやきに似たうなり声。音楽的でありながら、同時に威嚇的にも聞こえるそれが、高くなり低くなり、寄せては返す潮騒さながら、通奏低音のように間断なく伝わってくる。

「あの犬だ!」ホームズが叫んだ。「きてくれ、ワトスン、早く! ああ、なんてこった、手遅れでなければいいんだが!」(二四九頁)

ところで犬が話題になった場面の戯画的な調子は、ワトスンの語り全体にいきわたっている。ワトスンは怪奇幻想文学から月並みな表現を借り、それを解読格子《グリッド》として現実にあてはめているのだ。

しかし、ワトスンが超自然の誘惑に屈するのも無理ないだろう。ホームズ自身が、バスカヴィル家の伝説には囚われないと口では言いながら、ころりとそれに騙されているのだから。この犬が数世紀を経た怪物だという説は、さすがにホームズも一蹴している。ところがそのあと、犬を利用した犯罪という現代版の伝説を受け入れてしまった。

例えばホームズが調査の最初から、どのような表現でワトスンに事件を要約し、最後に示される全体像の概略を描いているかは注目に値する。彼はデヴォンシャーの地図を手に入れ、周囲の様子をこう友人に描写している。

「(……)こっちに小さな建物群があるが、これがグリンペンの村だろう――われらが友ドクター・モーティマーの本拠がここだね。このとおり、半径五マイル以内には、ほんの数えるほどの人家が散らばっているきりだ。ここにあるこれが、けさの話にも出た〈ラフター館〉。もひとつこっちにも家のしるしがあるが、これは例の博物学者――ええと、ステープルトンといったか――その住まいだろう。ほかにも農家が二軒ある――荒れ地農《ムーアランド・ファー》場《ムハウス》とでもいうのかな――名は〈ハイ・トーア〉と〈フォルミア〉。それからさらに十四マイル先にあるのが、ひとも知るかのプリンスタウンの大刑務所だ。これら点在するスポットとスポットのあいだ、そしてその周囲全体は、どこまでも人跡まれな荒蕪《こうぶ》の地がひろがってる。とまあこういった土地柄なのさ――問題の悲劇が演じられ、そしてわれわれがこれからまたそこで一役を演じようとしている、その舞台というのは」（五四－五六頁）

地図をもとにしているのだから、たしかに描写は客観的だが、そのなかに陰鬱なドラマと謎めいた犯罪にふさわしい超自然的な雰囲気を打ち出す言葉（「人跡まれな荒蕪《こうぶ》の地」といった）が数多く使われているのがわかる。

現実を巧妙に書き変えようという意図は、チャールズ・バスカヴィルが死んだ状況をホームズが初めて再構成したときにも働いている。

「(……) いったいだれがわざわざ爪先だって散歩道を歩かなきゃならない理屈がある?」

「だったら、なんだっていうんだ」

「走ってたんだよ、ワトスン――必死で、死に物狂いに走って逃げてたのさ。あげくに、とうとう心臓が破裂して、そのままばったりうつぶせに倒れ、絶命した、と」

「逃げてたって? なにから逃げてたんだ?」

「そこさ、それこそがわれわれにつきつけられた問題なんだ。そもそも故人は必死になって逃げだすその前から、すでに恐怖のあまり気も狂わんばかりになってたふしがある」

（五七－五八頁）

ここでもひとつひとつの言葉づかい（「必死で、死に物狂いに走って逃げてたのさ」「恐怖のあまり気も狂わんばかりに」）から文の組み立て（「走った」という表現の息づまるような繰り返し）にいたるまで、場面の描写がチャールズ・バスカヴィルの死を怪奇小説の世界に移し変えている。

このようにして調査の初めに作りあげられた印象は、その後も小説のなかでずっと続いてゆく。ホームズの予見《ヴィジョン》を受け継いだワトスンは、二人に共通した見立てのプリズムで《事実》を認識し、主要な証人であるモーティマー医師に不安を波及させる。ワトスンがホームズに送った最初の報告書には、そのトーンが表われている。

これまでの手紙や電報により、この神にも見捨てられたような世界の片隅での諸事情については、近々のところまで詳しくのみこんでくれていると思う。それにしても、この土地に長くいればいるほど、ムーアの精神というものが惻々《そくそく》と胸にしみこんでくる心地がする――その広大さとか、あるいはそれの持つ無気味な魅力までがだ。いったんこのムーアのおいなるふところにいだかれてしまうと、ひとが身につけている近代英国生活の名残など、洗いざらい消えてしまう。かわりに意識されてくるのが、周囲いたるところに残る先史時代人の住居や、彼らの営為の跡だ。歩いていると、どちらを見てもそれらの忘れられた種族の住まいや墓、あるいは寺院をあらわすものとされている巨大な一枚岩のモノリス、などが目にはいってくる。採鉱跡で傷だらけになった丘の斜面を背景に、こうした灰色の岩室がいくつも並んでいるのを見ると、ひとはいつしか自分の生きている時代を忘れ、いまにもその岩室の低い入り口から、毛皮をまとった毛むくじゃらな古代人が、弓の弦に燧石《すいせき》の鏃《やじり》のついた矢をつがえて這いだしてきそうな錯覚にとらわれるし、かりにそんなところを見れば、この場には自分よりもその男の存在のほうが、よほどふさわしいという気さえしてくるかもしれない。（一四八―一四九頁）

ホームズへ宛てた報告書のなかだけではない。ワトスンは自分用の覚書のなかでも、ホームズと同じ不安に囚われている。日記の抜粋が、そのいい例だ。

十月十五日――霧深く、どんよりと鬱陶しい一日。終日の霧雨。〈館〉の周囲は、うねり、波打つ雲の層に隙間もなく埋めつくされ、その雲がときおり切れては、暗鬱な円弧を描いてひろがるムーアをつかのま垣間見せる――丘の斜面を流れる細い銀色の糸、日がさすたびに、濡れた表面を遠くでちかりと光らせる無数の丸石。〈館〉の内も外も、憂鬱の一色に塗りこめられている。准男爵はといえば、ゆうべ興奮しすぎた反動か、これまた暗い面持《おももち》で沈みこんでいるし、私は私で、ずしんと重いなにかに胸ふたがれ、危険が迫っているという意識からのがれられずにいる——つねに身近にありながら、正体がつきとめられぬため、なおのこと恐ろしく感じられる危険。（一九三—一九四頁）

＊

つまりこの小説のなかで、不吉な犬の話と犬がかき立てる妄想は、物語のより一般的な歪みが突出した部分にすぎない。というのもホームズたちは、怪奇幻想文学にすっかり毒されているからだ。いくら抗《あらが》おうとも、彼らはその悪影響によって良識を失っている。幻覚や妄想を排して調査すべき立場にあるというのに。

犬による三度の襲撃というホームズの説は誤りだと、確実に証明することはできない。しかしながら、犬が関わった三つの場面には（初めの二つのように生きた証人はいないにせよ、最後のひとつのように多くの人が見ているにせよ）、紋切り型《ステレオタイプ》の想像があまりに浸透している。それゆえ理性的な人間にとって、デヴォンシャーの荒地《ムーア》で三度にわたり起きた事件の真相を知ることは、とても困難になったと思わざるを得ない。

第四章　ステープルトンの弁護

バスカヴィル家の犬の罪状に疑問の余地があるなら、主犯とされるステープルトンに対するホームズの声高な告発はどうなるのだろうか？　犬が殺人に関与していたとは思えないいくつもの不自然な点とは別に、一見明らかそうな——とりわけホームズの見方に沿うならば——博物学者の罪も、現実を無理やり固定観念にあてはめて彼を殺人犯に仕立てあげるのでなく、事件の一部始終を厳密に再検討してみると、大いに疑わしくなる。

*

精神分析学は人間のどんなに奇妙な行動も、秘められた動機を見つけ出すことで説明がつくとしているが、読者には自分が抱くステープルトンの人物像と、金儲けに血道をあげる連続殺人犯とがうまく結びつかないだろう。

彼を知る人々が口をそろえて言うように、影の薄いこの人物が唯一心から情熱を傾けるのは科学研究、とりわけ昆虫学の研究である。例えば小説の最後では、彼が昆虫学の権威として知られ、「ヨークシャー時代に彼が発見し、発表したある種の蛾」（三〇九頁）には彼の名前がつけられているということも明かされる。

昆虫学への情熱は、金銭への執着と矛盾するものではないかもしれない。それでもステープルトンが今まで人生の選択において（彼は学校の校長をしていた）、経済的な利害を第一にして生活設計を立ててきたとは思えない。人生の動機づけが科学研究と金持ち願望だというこの人物の二重性について、ホームズがまったく疑問を抱いていないのは奇妙なことである。

たしかに専門に熱中する学者であると同時に、極悪非道な殺人犯だということもありうるが、ステープルトンは犯行のなかで迂闊なところも見せている。ホームズ自身が真っ先に認めているように、彼はカナダに相続人がいることを知らなかったらしい。[1] そんな場合、犯罪者なら前もって調べておくだろうに、これほど穿鑿心《せんさくしん》が欠けているというのも奇妙な話である。

＊

容疑者の人となりだけでなく事件の全体的な展開にも、ステープルトンが犯人だとすると不

1 「思うに、カナダにべつの相続人がいることをステープルトンが知らなかったということ、これはけっしてありえないことではない。」（三一三―三一四頁）

自然なところが数多く出てくる。

犬が関わる最初の場面からして問題がある。どうして犬は突然走るのをやめたのか、ホームズがあげた理由は納得いかないが、それはさておき、チャールズ・バスカヴィルを亡きものにするのに、こんな方法を選ぶこと自体理解しがたい。

ホームズの見立てによるならば、バスカヴィル家の財産を相続しようとしたステープルトンは、チャールズの心臓が弱っているのを知ってひそかに巨大な犬を手に入れ、屋敷の敷地内で心臓発作を起こさせようとした。

けれどもステープルトンは目的を果たすのに、楽な解決法を選んだとは言いがたい。デヴォンシャーのような寂しい荒地《ムーア》でも、犬は人目につく危険があるし――実際、そうなっている――ステープルトン自身が犬を連れているところを、いつなんどき目撃されないとも限らない。チャールズが死んだあと、遺産相続をしようというなら、少しでも怪しまれないよう細心の注意が求められるだろうに。

そもそもこんな殺人方法を選ぶなんて、馬鹿げているではないか。チャールズ・バスカヴィルの体調や、巨大な犬と出くわしたショックがどうであれ、期待どおりの結果が得られる保証はない。チャールズは心臓発作を起こさないかもしれないし、たとえ起こしても死にいたらないかもしれない。その場合、チャールズは警察に証言を求められるだろう。燐《りん》を塗った犬を連れて荒地《ムーア》にいるところを目撃されていたら、ステープルトンはどう申し開きするつもりだったのか？

仮にチャールズが犬に嚙まれたなら、死のうが死ぬまいが警察の捜査が始まる。警察は荒地《ムーア》の住人に聞き込みをするなり、ロンドンの専門店を調べるなりして、犬につながる手がかりを見つけるはずだ。ホームズもそうやって、ステープルトンが犬を買ったことを難なく突き止めたのだから。要するに、チャールズ・バスカヴィル殺害のためにステープルトンが選んだ方法はやけに手がこんでいて、期待される結果のわりに危険が多すぎるのだ。

＊

ステープルトンがチャールズ・バスカヴィルを殺したのだとすると、犯行後の振舞いもまったく理解に苦しむ。まるで、ホームズに気づいてほしいという強迫観念に取り憑かれているかのようではないか。わざわざロンドンまで出向いたばかりか――もしステープルトンが犯人なら、そんなことをしてもメリットはない。犠牲者となるべき男がバスカヴィル屋敷にやって来るのを、待ち構えていればいいのだから――探偵の注意を引くようなことをせっせと行なっている。

ひと目でホームズに気づかれるくらいあからさまにヘンリーを尾行しただけでなく、いずれホームズは辻馬車の御者を突き止めるはずだと予想して、探偵への伝言を御者に託してまでいる。こんな驚くべき行動について、ホームズも最後の説明では触れずにいる。たしかに自らの犯行を得意げにひけらかす犯罪者もいないわけではないが、ステープルトンの計画は目立たないようにしてこそ意味がある。というのも、チャールズは不慮の心臓発作で死んだことになっているのだから。

ヘンリーの身の回り品を手に入れようとする際にも、気づかれまいとする配慮はほとんど見られない。バスカヴィル家と親交のある人物ならば、屋敷の新たな主人が引っ越してきてから、服の一枚でもさりげなくくすねるのはわけないだろうに、ロンドンまで出かけていって靴を盗んだのでは、探偵の好奇心をかき立てずにはおかないのに。

＊

ステープルトンが犯人とされる第二の殺人計画についても、問題なしとはしない。ホームズの推理では、犬を使った第一の襲撃は心臓発作を引き起こすのが目的だった。しかし今回は若くて元気な男を襲っているのだから、同じようには考えられない。

大事な点は説明し尽くしただろうと言うホームズに対し、ワトスン自身も最後にこう指摘している。

「あの幽霊犬でサー・ヘンリーを脅かして、おびえ死にするまで追いつめる、なんてことは無理だよ――心臓が弱かった伯父さんのほうならいざ知らず」（三三二頁）

このもっともな意見を、ホームズは次のようにかわす。

「あいつは獰猛な犬だし、しばらく餌をやらずに飢えさせてもいた。かりに外見だけでふるえあがらせて、死ぬまで追いつめるのが無理だったとしても、せめて抵抗力を失わせるくらいの効力はあったろう」（三三二頁）

単に人殺しの方法としては、それもいいだろう（犬が本当にヘンリーを襲うつもりだったのかは、検証の余地があるけれど）。しかしホームズの答えでは、どうしてこんな方法を選んだのか、疑問が残る。今回は心臓発作など起こさないだろう。だとすれば、犬はヘンリーを噛み殺していたはずだ。相続人を厄介払いするには確実な方法だが、その結果警察の捜査が始まって、遺産を受け取れないかもしれない。

バスカヴィル家の人間二人を殺すのに同じ凶器――というのは獰猛な犬のことだが――を使うなんて、論理的に考えて大いに疑問がある。第一の殺人がうまくいったのは、心臓発作による偶発的な死だと思われたからだ。もしヘンリーが犬に噛み殺されたなら、第一の事件についても捜査が再開され、事故死に見せかけた意味がなくなってしまう。

＊

最後の場面で、ステープルトンが逮捕されかけたときにとった行動も納得がいかない。彼の有罪に大きな疑問を投げかける要素があるのだ。

ステープルトンは殺人計画が失敗に帰したとわかって、沼地に逃げ込んだ。そのとき手には、犬をヘンリーにけしかけるのに使った例の靴を持っていた。絞首台送りになりかねないこの証拠を、当然のことながら処分するつもりだったのだ。ホームズの《解決》には不自然なことの多いこの小説のなかでも、もっとも明らかな齟齬《そご》がここにある。

ステープルトンの立場になって、彼が置かれている状況を頭のなかで再現してみよう。彼は見わたす限り広がる沼地の真ん中を走っている。まともな体格の人間なら、たとえパニックに襲われていたとしても、有罪の証拠となる靴をできるだけ道から遠くに投げるだろう。誰も回収できない、目にもつかない沼のなかに。

ところがステープルトンのしたことは、まったく正反対だ。ここでも彼は、警察を助けようとしているとしか思えない。靴は道の脇の草むらに落ちていた。そこを通る人には、すぐにわかる場所だ。はたしてホームズはそれを見つけると、ステープルトンの心遣いに驚きもせず、ただ彼の有罪を示すこの新たな証拠に大喜びするばかりだった。

*

つまりステープルトンの行動は終始一貫、どうも奇妙なことだらけなのだ。しかしきわめつけがまだあとにひかえている。最後の最後に、ワトスンはステープルトンが二件の殺人を犯した動機について、ホームズにこう尋ねている。

「たしかにそうだな。じつは、もうひとつ難点があるんだ。かりに万事がステープルトンの思惑どおりに運び、彼が爵位を継ぐことになったとして、継嗣である彼がそれまで名乗りでることもせず、しかも変名で〈館〉のすぐ近くに暮らしていたという事実、これをどう説明するんだ？　相続権を主張すれば、疑いを持たれたり、身元を調査されたりするのは避けられないだろう？」（三三二頁）

このしごくもっともな指摘を前にしても、ホームズは涼しい顔を決め込んでいる。

「それだよ、それこそとてつもなく厄介な、難問ちゅうの難問だね。そこまでぼくに解明しろというのは、無理な相談さ。過去と現在は、ぼくの探偵仕事の範疇だが、未来はちがう。未来にある男がなにをするかなんて、そんな疑問にだれが答えられるものか（……）」

（三二二―三二三頁）

なんとも驚くべき返答だ。捜査は終了し、物語は終わろうとしているのに、ステープルトンがチャールズとヘンリーを殺しても意味がない、どうして二人を殺そうとしたのか理解しがたいと認めているに等しいではないか！

動機のない人物に殺人の罪を着せているかもしれないとわかったのか、ホームズは三つの仮説を持ち出している。しかし論理的な視点から見ると、答えが増えたからといって何も納得はできない。第一の仮説によれば、ステープルトンは南アメリカに帰ってから財産権を要求し、イギリスに姿を見せないまま遺産を手に入れようとしていたのだという。あるいは――これが第二の仮説だが――「手の込んだ変装術を身につける」つもりだったのかもしれない。共犯者を相続人に仕立てあげ、収入の分け前を要求するという手もある。

いずれ劣らず疑わしい仮説ばかりで、あきれずにはおれない。イギリス警察がよほどおめでたくない限り、どれもうまくいく可能性はまったくない。二人の人間が相次いで疑惑の死を遂げたあと、莫大な遺産を要求してきた者がいれば、変装していようがいまいが、すぐさま念入りな捜査の対象にならないはずがないだろうに。

ホームズは自分でもこれらの仮説に自信がなかったらしく、さっさと議論を切りあげて、『ユグノー教徒』の公演に行こうとワトスンに持ちかけている。それがこの作品の、最後の数行である。

「(……) われわれの知るあの男の才覚からして、必ずやそこになんらかの途《みち》を見いだしていたにちがいないんだ。

というところで、ワトスン、これまでふたりとも何週間か、ずいぶん厄介な仕事にふりまわされてきた。だからここらで一晩ぐらい、もっと楽しいことに気持ちを向けかえることにしよう。『ユグノー教徒』のボックス席が買ってあるんだ。きみ、ド・レシュケ兄弟の歌は聞いたこと、あるかい? よし、それじゃ三十分以内に支度をしてくれ。途中、マルチーニの店に寄って、軽く食事をしていくとしようか」(三三三頁)

バスカヴィル家の当主がまたしても死んだら――それによって、前の死にも疑惑が浮上する――この家に死亡者が続くのはおかしいと警察だって思うはずだ。しかも屋敷の隣人が相続権を要求すれば、驚くに決まっている。いや、警察を騙せたはずだと、ホームズならば何か理屈をつけたかもしれないが、わたしにはそんなことがありうるとは、どうしても考えられないのだ。

不自然な点が多いからといって、もちろんステープルトンが絶対に無罪だとは言いきれないし、ミスを重ねて無意識のうちに飛んで火に入った犯罪者は今までもたくさんいただろう。それでもやはり、こんなにヘマを続けるのは理解できない。ホームズは自分の知力に酔いしれ、こうした未解決の問題に最後の説明でもまったく注意を払っていないだけに、この点はまだまだ検討の余地がありそうだ。

＊

そこからこんな疑問が湧いてくる。登場したときから胡散臭《うさんくさ》げで、犯人だと名指しされることの不器用な人物は、荷が重すぎる犯罪を背負わされているのではないか？　彼は一世紀以上前からテクストのなかに潜んでいた、文学史上もっとも悪辣《あくらつ》な殺人者のひとりを、知らないうちに隠匿していたのではないかと。

幻想性

第一章　シャーロック・ホームズは存在するのか？

つまり『バスカヴィル家の犬』には、二重の謎があるのだ。ひとつは殺人犯の正体は誰かという謎。もうひとつはこの作品が生まれた状況と、作者のコナン・ドイルがこれほど多くの不自然な点を残したままにした理由に関する謎である。まるでドイルは筋のことなど、気にかけていないかのようだ。わたしが思うに、第一の謎を解く鍵を手に入れようとするなら、第二の謎の解明が不可欠である。

この作品のなかで密かに行なわれていながら、ときに良識的すぎる評論家が見過ごしていることを捉えるには、コナン・ドイルと彼の登場人物たち、とりわけその筆頭たるシャーロック・ホームズとの苦渋に満ちた関係を理解しなければならない。狂気に彩られたその関係は、小説の筋立てにまで影響を及ぼし、それを作者自身にも理解不能なものにしている。作品を制御しきれなくなった作者が、自らの作り出した登場人物の陰に隠れてしまったかのように。

作者と登場人物とのあいだに結ばれる関係を、過小評価してはならない。両者の荒々しい関係は、登場人物がわれわれ同様いかに確固たる存在であるかを考えさせる。シャーロック・ホームズはその名声によって、実在の人間と虚構《フィクション》の存在が切り離しがたく、その結果ときに劇的な事態へといたる好例である。それだけに、文学作品の登場人物がどれほど強い存在感を持ちうるかを端的に問いかけている。

＊

実在の人物と想像上の人物とを区別することがいかに難しいかについては、古くから考察がなされている。トマス・パヴェルは『フィクションの世界』[1]なかで、現実の世界と虚構《フィクション》の世界を画する違いや、両者がたまさか結びつくことを論じたさまざまな学派を古代に遡って跡づけた。[2]

パヴェルはディケンズの『ピクウィック・クラブ』の一節を評して、こう指摘している。読者はピクウィック氏が実在しないことをわきまえているが、それでも彼を描いたテクストを読みながら、圧倒的な実在感に捉えられると。

1　Thomas Pavel, *Univers de la fiction*. Seuil, 1988

2　この問題については、ベルトラン・ヴェストファル（Bertrand Westphal）が『ジェオクリティック。現実、虚構、空間』（*La Géocritique. Réel, fiction, espace*. Minuit, 2007, p.126－182）のなかで行なった総括を参照。

読者はふたつの相反する意識のあいだで板挟みになっている。（中略）疑問の余地なく存在する太陽とは違い、ピクウィック氏を始めとして、ディケンズの小説に描かれた登場人物や状況の多くが、本のページの外には今も昔も実在していないとわかっているのに、ピクウィック氏の虚構的な側面をひとたび受け入れてしまうと、小説のなかで起きる出来事は実に生き生きと、まるで固有の現実を有しているかのように感じられる。それによって読者は、登場人物の行動や思考としばしば全面的に同化することができるのだ。（パヴェルの前掲書P.14）

虚構の登場人物が拠って立つ位置《ステイタス》を定義しようとする者が必ず直面するのはこの実在感であり、それはまた多くの面から見て、人を不安にさせる疎遠感でもある。というのも、その位《ステ》置《イタス》をどう定義するかが問題の中心だからだ。虚構の人物は一見、われわれと同じ世界には住んでいないように思える。けれども彼らはこの世界で、いわく言いがたいある場所を確かに占めているのである。

パヴェルは『フィクションの世界』中で、登場人物が理論的にとりうるさまざまな地位《ポジション》を列挙しているが、シャーロック・ホームズがそこで特権的な役割を演じ、何人もの書き手が虚構の存在に関する発話の有効性を測るためにホームズのケースを引用していることは注目に値する。例えばソール・クリプケは、シャーロック・ホームズは実在していないと断言しながらも、「時と場合によっては、実在したかもしれないが」と書き加える（同書P.62）。ロバート・ハウウェルはもっとそっけなく、仮にホームズが《四角い丸を描く人物》とでも設定されたなら、そこはありえない世界になってしまうとだけ言っている（同書P.66）。パヴェル自身は、「シャーロック・ホームズがコナン・ドイルの登場人物そのままに振舞いながらも、こっそりご婦人方に見とれるような世界が、きっとどこかにある」ことを前提にしている（同書P.118）。

同じように象徴的な機能を果たしうる登場人物はほかにもいるとしても――ハムレットやアンナ・カレーニナの名前は、パヴェルの本に繰り返し現われる――シャーロック・ホームズの名声はまた格別だ。ホームズはその名声により、虚実の境界がぼやけるほど確固たる存在になり得ている。のちに詳しく見るように、コナン・ドイルが自らの作り出した登場人物を消し去ろうとしたとき、ホームズの強烈な存在感は読者のあいだに集団的なトラウマを引き起こした。少なからぬ読者にとって、ホームズは単なる虚構の存在ではなかった。それゆえホームズを亡きものにするのは現実の殺人にも等しいということを、ドイルは見そこなっていた。

＊

現実の世界と虚構の世界との境界に関する問題について、古くから二つの相反する立場があり、そのあいだにはまた無数の中間的な立場が存在している。

一方の極にあるのは、トマス・パヴェルが《隔離主義者》と呼ぶ人々がとる態度である。

> 理論家たちのなかには、わたしが隔離主義と名づける視点からこれらの関係を捉え、フィクションのテクストに書かれていることは純粋に想像の産物であり、真理値はまったくないとする者もいる。（パヴェルの前掲書P.19）

　こうした態度は、二つの世界のあいだにはっきりとした境界線があるという仮定に基づいている。それはまた、虚構の登場人物の権利を制限することでもある。こちこちの純粋《隔離主義者》にとって、虚構の登場人物を対象とする発話は無用の長物にすぎず、真理値はまったくない。というのも、発話が指示する対象は存在しないのだから。

　パヴェルは隔離主義が二十世紀初頭以来、どのように変化したかを示している。基本的には想像上の登場人物を受け入れようとはしないが、彼らは少しずつ態度を軟化させていった。バートランド・ラッセルのような古典的隔離主義者は、「現実世界の外に言葉《ディスクール》の世界があるわけではないのだから、実在とは（……）現実世界の住人だけのものである」（同書P.21）と主張する。だがラッセルは虚構の人物に存在の権利を認めないだけでなく、虚構の人物について語った発話の真理値もまったく否定している（同書P.23）。

　隔離主義者のなかには、より柔軟な精神の持ち主もいる。彼らは虚構の人物に関する発話を機械的に拒絶するのではなく、語り《ディスクール》の状況を個別に考慮する。例えば「フランス国王は賢い」といった文は、それが発せられた状況、とりわけそのときフランスがいかなる政治体制にあるかに応じて、初めからナンセンスなものと見なされることもあれば、真偽が検討されることもある（同書）。しかし隔離主義者はコンテクストはどうあれ、虚構の領域に留《とど》まる人物――シャーロック・ホームズがそうなのだが――に関する発話を真と認めるかについてはずっと慎重である。

　とまれ、発話の真偽を測るためには、それが発せられた状況を考慮する必要があると認めるとき、隔離主義者たちのあいだに亀裂が生じる。真理の概念をより相対的に捉え、代替的な世界とその住人たちにいっそう寛容な理論家たちが、その亀裂に流れ込むのである。

*

事実、虚構の世界に対してさらに開かれた立場をとるべきだと考える人々もいる。パヴェルはそれを、《統合主義者》と呼ぶよう提唱している。

　いっぽう、隔離主義に反対する人々はもっと寛容である。統合主義者だと言ってもいいだろう。非虚構《ノンフィクション》として世界を描くことと虚構とを分かつ、真に存在論的な差異は皆無だ、

と彼らは主張する。(パヴェルの前掲書 P.19)

ひと口に《統合主義者》といっても温度差はあるだろうが、なべて彼らは虚構の人物にもある程度の存在を認めようとしている(「彼らの言い分によれば、ピクウィック氏が存在するのは、太陽が存在するとか、一八二七年のイギリスが存在するのと変わらない」(同書 P.20))。また虚構の人物に関する発話についても、無意味な考察だとただ切り捨てるのではなく、真理値を認めている。

統合主義者たちはフィクションのテクストにもノンフィクションに劣らぬ地位を与える一方で、ノンフィクションからは真理を語るうえでの特権を剝奪しようとする。どんな発話も慣習のうえに成り立っているのだから、フィクションとそれ以外の言説《ディスクール》との境界はない、と彼らは考える(同書 P.20)。

パヴェル自身も、こうした寛容なグループに属するようである。彼は特にジョン・サールの論に基づき、テクストの虚構性は状況によって変化しうるものだと指摘している。フィクションとは言語機能の特殊な一形態にすぎないのだから、多くのテクストがどんな文脈《コンテクスト》で読まれるかによって「信用に足ると受け取られることもあれば、虚構として受け取られることもある」(同書 P.30)と。

口頭で語る場合でも同じことだ。例えば劇のなかで、司祭役の俳優が観衆を祝福する場面をパヴェルは挙げている。ほとんどの文脈でこの祝福は何の実効性も持たないが、宗教が禁じられている独裁政治下でも信仰を失わなかった観衆が、役者の演技を本物として受け止め、虚構の場面を現実視したならば、そこには実効性が生じる（同書 P.34-35)。

それゆえフィクションの登場人物の差別に多少なりとも反対する者にとって、虚実間の壁を増やすなど何の役にも立たない。被創造物たる彼らの存在は、否定しようがないではないか。社会が少数者《マイノリティー》に対してますます開かれていくなかで、むしろ彼らの正当性を承認し、彼らがわれわれの世界の一部をなしていると認めたほうがいい。もちろんそうなれば、ほかの住民たち同様、彼らにも権利に見合うだけの義務を果たしてもらわねばならないが。

＊

こうした哲学的、言語学的にきわめて錯綜しがちな議論のなかで、確固たる立場をとることは難しい。それは《現実》とか《真実》とかいう曖昧な概念に基づいて、さまざまな著者が必ずしも同じ事柄について語っているわけでないからだ。

しかし主に二つの点から見て、統合主義者の主張、フィクションの登場人物に対する彼らの寛容に分があるように思われる。ひとつは言語学的な観点によるものだ。言葉は現実の存在も想像上の人物も等しく扱うのだから、開かれた精神の持ち主であろうがなかろうが、想像上の人物を差別することはもとより許されない。

虚構が切り離しがたいのは、言語のなかに《混合的命題》[3]と呼ばれるものが遍在するからだ。混合的命題とは虚構と現実双方に関わって、二つの世界を横断する発話である。それゆえ、「フロイトはグラディーヴァを分析した」という発話のように、想像上の人物が現実世界を動きまわることも可能なら、*逆に「シャーロック・ホームズがベイカー・ストリートを歩いている」という発話のように、実在の事物や人間にもフィクションのなかで市民権が与えられる。

言い換えれば、生まれ育った世界から一歩も出ない少数の原住民は別にして、多くは一方の世界から他方の世界へと移っていった移民なのだ。滞在は短期のこともあれば、長期にわたって腰を落ち着けることもある。のちほど見るように、両世界間の移動は双方向で行なわれていて、境界をいかに補強しようとも、それを禁じるなど机上の空論だ。[4]

混合的な命題はほとんど不可避である。というのも隔離主義者たちがいくら排除しようとしても、その論証のなかにすら混合的な命題が常に含まれているからだ。例えば「シャーロック・ホームズはわれわれの世界の一員ではない」と言うことがすでに、それ自体混合的な命題である。というのも混合的な命題は同じひとつの文のなかで、現実界と虚構の人物を隣接させ、二つの世界を束の間交差させるのだから。

言葉は実在するものもしないものも同じように語り、それらを均質化し、すべてに同一のリアリティーを持たせることで、不断に世界を攪乱する要因たりえている。隔離主義者たちは両世界間に明確な区別をつけたかろうが、それには言葉で語る必要のない存在や状況を想定しなければならない。

＊

統合主義の主張を裏づける第二の観点は、心理学的なものである。たしかに虚構の人物には、物質的実体はないかもしれない。しかしそれは間違いなく心理的な実体を有し、人が望むと望まざるとにかかわらず確固たる存在感を示している。

われわれが文学作品の登場人物に多少なりとも心惹かれるとき、その関係は現実否認に基づいている。われわれはフィクションの登場人物が《存在しない》こと、少なくとも現実世界の住人たちと同じようには存在しないことを、意識のうえでは十分わかっているが、無意識の領域となると話はまったく別である。無意識にとって、虚実のあいだの存在論的相違などどうで

3　ジョン・ウッズ（John Woods）の用語。パヴェルの引用による。（パヴェルの前掲書P.42）

4　《原住民》と《移民》という分類はパーソンズによるものである。彼はさらに《代理人》というカテゴリーも持ち出している。これはフィクションのなかで実在の事物や人間について語られているが、その属性が著しく改変されている場合である。（同書）

＊訳注　フロイトは論文「W・イェンゼンの《グラディーヴァ》における妄想と夢」のなかで、この小説の分析を行なった。

もいい。フィクションの登場人物が精神に引き起こす影響こそが重要なのだ。精神分析医なら誰でも知っているように、患者はフィクションの登場人物から多大な影響を受けることがある。フィクションの人物に自らを同化し、ときには人生を狂わされるほどに。そもそもわれわれは他者にとってフィクションの人物だということを、ここで想起しなければならない。とりわけ転移的な関係のなかではそうである。《現実》の人間も、彼らがヒーローやモンスターである小説の形でしか、われわれのもとまで到達しないのだ。

さらに文学作品の登場人物は、もはや現実と虚構の区別がつかなくなるほど深い刻印を読者の多くに残す。『ドン・キホーテ』や『ボヴァリー夫人』のような作品が如実に示すように、ボヴァリスムとも呼ばれたこの現象から、無意識のなかでは文学作品の登場人物が虚構の存在であることなど忘れ去られ、彼らが現実世界の住人と同じくらい、時にはそれ以上の存在感を発揮していることがよくわかる。

それゆえ、文学作品の登場人物には何ら現実性がないという隔離主義者の主張は、人間の精神活動に対する一般認識から外れた筋の通らないものである。精神の奥底では、さまざまな世界が交わっている。それは虚実の世界が交差する場所として定義しうるだろう。

*

すでに読者はお気づきのことと思うが、かくいうわたしも統合主義を全面的に支持するものである。わけてもわたしは文学作品の登場人物が具現するこの特異な存在形式に対し、もっとも寛容で開かれた立場をとっている。

フィクションの人物に対してわたしが寛容なのには、主に二つの理由がある。ひとつには、虚構と現実とのあいだに強い浸透性があると信じているからだ。だとすれば、虚実間の境界を管理しようとしても無駄だろう。現に越境は行なわれている。しかも双方向で。このあとすぐ見るように、われわれがひととき虚構の世界に暮らすだけでなく、虚構の世界の住人もまたわれわれの世界に移住してくることがあるのだ。

第二の理由は、もっとも開かれた統合主義者にも受け入れがたいかもしれないが、文学作品の登場人物はもともと暮らしていた世界でも、またわれわれの世界と行き来するなかでも、ある程度の自律性を享受していると確信していることにある。あるいはわれわれ読者も著者も、登場人物の行為や振舞いを完全には制御できないのだと言ってもいい。

わたしが思うに、境界の浸透性と文学作品の登場人物の自律性というこの二つの仮説を受け入れることによって初めて、シャーロック・ホームズの推理よりもうまく《バスカヴィル家の犬事件》を解決しうるのである。

第二章　テクストへの移住者

ところで文学作品の登場人物、とりわけシャーロック・ホームズがどれほど強烈な存在感を有しているかという問題は、『バスカヴィル家の犬』において端的に表われている。それはこの作品が作者の人生において、ある特別な時期に出版されたという歴史的な経緯から来ている。

コナン・ドイルはのちほど触れるような状況から、自らが作り出した名探偵を葬り去ったものの、読者の圧力によって数年後に不承不承また甦らせることになった。この復活によって生まれたのが『バスカヴィル家の犬』だった。それだけでも、いかにこの作品が虚実の交わる場所に位置しているかがわかるだろう。作品のなかで何が起きたのかを理解し、真犯人をつきとめるためには、執筆の状況を考慮に入れることが必要不可欠なわけも納得がいくはずだ。

いったん葬られたシャーロック・ホームズの復活と《バスカヴィル家の犬事件》とのあいだには、密接な関係がある。ところが奇妙なことに、わたしの知る限り誰ひとりとしてそれらを結びつけようとした者はいない。この作品には、そうした関係の痕跡がいくつも残っているというのに。もしも公式見解に飽き足らず、ダートムアの荒地で本当に起きたことを再構成しようとするなら、それらの分析が欠かせないだろう。

*

シャーロック・ホームズの死は、「最後の事件」と題された短編のなかで語られている。ホームズをどのように葬るかはとても難しい問題なので、コナン・ドイルは前もって何年も熟考を重ね、病身の妻を伴ってスイス旅行をした折に、ホームズが没するのに適した場所を見つけたのだった。さらにはホームズを殺すためには、彼の力量に見合った好敵手を作りあげねばならない。そんな敵と対峙すればこそ、名探偵の死も説明がつくというものだ。

「最後の事件」の冒頭から、ワトスンは悲劇的な結末が待ち受けていることを漏らしている。

> わが友シャーロック・ホームズ氏の名を天下に知らしめたあの世にもまれな才能について、その最後の記録を書き綴《つづ》るべく、私はいま重い気持ちでペンをとる。(……) 以来、私としては、これを最後に筆を折り、その後に起きたあの出来事――二年後のいまも、私の生活にいささかも埋まらぬ空白を残している忌まわしい出来事――については、いっさい口をとざして語らぬつもりでいた。しかるに、最近になって、ジェームズ・モリアーティー大佐が死んだ兄を弁護しようと、公開状をもって世間に訴えるという挙に出たため、

私もやむなくありのままの事実をひとびとの前に提示すべく、ふたたび筆をとることを余儀なくされたのである。(『回想』四〇五頁)

こうしてワトスンは、一八九一年のある晩、ホームズが診察室に入ってきて鎧戸を閉めると、ロンドンを支配する犯罪者モリアーティー教授に死の脅迫を受けていると明かしたいきさつを語るのだった。

「(……)彼は犯罪界のナポレオンだよ、ワトスン。およそこの大都会にはびこる悪の半数、そして発覚していない犯罪のほとんどすべては、彼が計画し、準備したものだ。彼は天才であり、哲学者であり、深遠な思索家だ。第一級の頭脳の持ち主だ。彼自身は、蜘蛛の巣のまんなかに陣どった大蜘蛛よろしく、じっと動かない。だがその蜘蛛の巣は、何百、何千もの糸が放射線状に張りめぐらされていて、その一本一本がぴりっとふるえただけで、彼はその動きを感じとる。彼は自分ではほとんどなにもしない。ただ計画をたてるだけだ。だが手先は無数にいて、しかもすばらしくみごとに組織されている。(……)」(『回想』四一〇―四一一頁)

ホームズは繰り返しモリアーティーの行く手に立ちはだかり、その計画を阻んだ。するとモリアーティーはホームズの部屋に押しかけ、これ以上余計な手出しを続ければ命はないと脅したのだった。

「『（……）きみはわたしを被告人席に立たせたがっている。だがあいにくこっちには、そうされるつもりはこれっぽっちもない。きみはわたしをたたきつぶしたがっている。だがあいにくこっちは、きみにたたきつぶされるのなんかまっぴらだ。かりにきみによほどの才覚があって、このわたしに破滅をもたらすようなことでもあれば、こちらもきみにおなじ運命を背負わせてやると、ここではっきり言っておく』

『聞いていれば、ずいぶんぼくを褒めてくれているようじゃないか、モリアーティーさん。だからこっちも一言だけお返ししよう――いずれきみに破滅をもたらすことができれば、きっとそうしてみせるし、またもしぼくに破滅がもたらされるようなら、公衆の利益のために、甘んじてそれを受けよう、とね』

『そのあとのほうなら、きっとそうすると約束するが、もうひとつのほうは、さて、どうなるかな』ふんと鼻を鳴らしてそう言い捨てると、彼は勢いよく背を向けて、あっというまに部屋から姿を消した。（……）」（『回想』四一七頁）

これがホームズとモリアーティーの最初で、最後から二番目の出会いだった。この謎めいた人物は、今までホームズの冒険譚に一度も姿を見せたことがなく、国中を支配する巨大な犯罪網の首領だという以外、ほとんど正体不明である。そしてホームズが復活したのちも、続編の物語に再び現われることはない。

この人物が作り出されたのは、明らかな論理的必然性によっている。つまりは、並はずれた能力を備えた存在――この場合は殺人の能力なのだが――だけが、ホームズを苦境に陥れることができるというわけだ。その意味でモリアーティーは、一種のアンチ・ホームズである。あるいはホームズの分身、名探偵が姿を映し出す鏡だとさえ言える。

しかしモリアーティーが生まれたのには、もうひとつ別の秘められた理由がある。コナン・ドイルは自らの主人公を葬り去るのに、多大な心理的困難を感じていた。彼は内心の抵抗感を克服するために、ほとんど生身の人間とは思えないこの抽象的な殺人者を作りあげねばならなかったのだ。そしてこの人物は、ダートムアの荒地にひそむ怪物犬を予告しているのである。

＊

モリアーティーの脅迫を受けたホームズはヨーロッパに旅立つことにし、いっしょに来てほしいとワトスンに頼む。けれどもあとを追ってくるモリアーティーや彼の手下をまくのは、並大抵のことではなかった。なにしろ敵は二人を追跡するのに、臨時列車まで借りあげるのだから。それでもホームズたちはスイスまでたどり着くと、マイリンゲンの村で宿に部屋をとり、ライヘンバッハの滝を眺めに行った。

行ってみると、そこはじつにぞっとするような場所だった。雪解け水を加えてふくれあがった奔流《ほんりゅう》が、すさまじい深淵へむけてまっさかさまに流れくだり、滝壺からは、炎上する建物から噴きだす煙さながら、しぶきが霧となって立ちのぼってくる。川が轟音とともになだれこんでゆくその先は、石炭のように黒光りする岩にかこまれた巨大な裂け目であり、それがしだいに先細りになって、はかりしれぬ深みにある滝壺に吸いこまれてゆく。クリームさながらに泡だち、沸きかえる滝壺の水は、ぎざぎざのふちからあふれでて、遠くまで飛沫《ひまつ》を飛ばし、飛んだ飛沫がまたひとつひとつ細流となって、さらにその先へと流れをひろげる。巨大な緑色の水柱が、永遠に止まることなく轟々と音をたてて落ちつづけ、はためく分厚いしぶきのカーテンは、しゅうしゅうと渦を巻きながら、たえず上へ、上へとふくれあがり、見ていると、つい酔ったような気分になって、そのたえざる回転と轟音とにのみこまれそうになってくる。私たちは、崖の端近くに立って、下をのぞきこみ、たえまなく黒い岩にぶつかっては砕け散る水のきらめきをながめ、深淵から地鳴りのような音とともに噴きあがってくるしぶきの、なかば人声にも似たとどろきに耳を傾けた。(『回想』四三二頁)

見てのとおりこの景色は、『バスカヴィル家の犬』の背景となった沼地を思い起こさせる。登場人物たちは境の曖昧な沼にいつなんどき沈み込まないとも限らず、最後には主要な容疑者がそこに姿を消している。

ホームズとワトスンが滝壺を覗き込んでいたとき、スイス人の若者が手紙を持って走ってくるのが見えた。手紙はホテルの主人が書いたものだった。宿泊客のひとりが病気になったので、ワトスン博士に診療してほしいというのだ。ワトスンはホームズを滝の近くにひとり残し、ホテルへと戻った。

友人は私に、自分はあともうすこしこの〈滝〉にいて、それからゆっくりと丘を越え、ローゼンラウイに向かうつもりだから、きみは夜までにそこで合流してくれればよい、そう言った。行きかけてふりかえってみると、ホームズは絶壁の岩に背をもたせかけ、腕組みをして、泡だちつつ眼下を流れる奔流をじっと見おろしていた。そしてそれこそがこの私の、この世でホームズを見た最後となったのだった。(『回想』四三二－四三三頁)

けれどもホテルには、急病人など待っていなかった。騙されたと知ったワトスンがライヘンバッハの滝に引き返すと、ホームズの姿はすでになかった。残っていたのは探偵の登山杖と、ワトスンに宛てた手紙だけ。そのなかでホームズは、モリアーティーの罠だと知りながらあえて対決するつもりだと書いていた。これは自分たち二人にとって生死を賭けた戦いになるだろう、と彼はほのめかしている（「このような人物の存在が及ぼすこれ以上の害から、自分のこの手で社会を解放することができる、そう思うと、ぼくも本望だが、反面、その代償として、これが周囲の親しい友たち、とりわけ、ぼくの親愛なるワトスン、きみにつらい思いをさせるだろうことを考えると、やはり心が痛む」〔『回想』四三六頁〕）。もろもろの状況から見て、ホームズとモリアーティーは一騎打ちのあげく、取っ組み合ったまま滝壺に転落したらしい。

こうしてシャーロック・ホームズは、劇的だが曖昧な状況裏にこの世を去った。曖昧だというのは、名探偵の死体が見つからなかったからである。もしかしてコナン・ドイルは、いつか彼の主人公を死から引き戻して新たな冒険をさせる余地を、少なくとも無意識のうちに残しておいたのかもしれない。

＊

シャーロック・ホームズの死がイギリスはもとより外国においても、どれほど激しい反発をもって迎えられたかは、今日なかなか実感しがたいだろう。それは想像の世界がいかに大きな力を持つか、想像の世界を現実世界から切り離すことがいかに難しいかを示す、文学史上の象徴的な事件である。

ホームズの死は、一八九三年十二月に『最後の事件』が発表される前から知られ始めた。すでに十一月、いくつかの新聞がこの出来事を報じ、全世界にわたるホームズ・ファンの不安をかき立てたが、まさか作者もそんな取り返しのつかないことはすまいと、みな一縷《いちる》の望みをつないでいた。

やがてこの短編が公にされ、ドイルが脅しを実行に移したとわかると、怒った読者の抗議文が新聞各紙に殺到した。ホームズ・シリーズを掲載していた「ストランド・マガジン」にも、読者から怒りの手紙が山のように押し寄せた。[1] なんとかコナン・ドイルにとりなしてもらえないかと、国会議員やイギリス皇太子に訴えかける者すらいた。[2] コナン・ドイルのもとにも、激怒した読者からの脅迫文が届いた。[3] さらに彼は近親者たちからの激しい圧力にさらされた。とりわけ母親はかねてよりこうしたことを恐れてホームズを殺さないよう懇願し、[4] 自ら息子に短編のアイディアを提供して、名探偵の命を長らえさせていたのだった。

シャーロック・ホームズ死亡のニュースは巷《ちまた》でも集団的ヒステリー現象を引き起こし、感情を抑えかねた読者のなかには公衆の面前で泣き叫ぶ者もいた。とりわけロンドンのシティ地区では、多くの若者がこれ見よがしに黒い腕章をつけて喪に服したという。[5]

＊

引き続き名探偵の冒険譚を読めなくなるのは、たしかにとても残念なことだ。しかしここには、もっと別な感情が働いている。さまざまな面から見て、これは一種の集団的狂気とも言える現象である。フィクションの人物が、どうしてこれほどの影響力を持ちうるのか？　彼はフィクションの枠からはみ出していると仮定しなければ、説明がつかないだろう。

精神分析学はこうした服喪の現象について、例えば同一化という概念によって説明を試みている。われわれは文学作品の登場人物に自らを同一化させる。つまりはある期間、無意識のうちにその人物になりきっている。なぜならその人物はわれわれ自身の理想化されたイメージを提供し、自分がなりたいと思っていた人間像、あるいはこうあってほしいと周囲から望まれている人間像を的確にもたらしてくれるからだ。

人々はシャーロック・ホームズの死をどのように受け止めたのか、それを伝えるなかで語ら

1　James McCearney, *Arthur Conan Doyle*, La Table ronde, 1988, p.175
2　Michael Coren, *Conan Doyle*, Londres, Bloomsbury, 1995, p.83
3　同書 p.83
4　注1の James McCearney, 前掲書 P.165
5　同書 P.175

れた現象は、熱狂した大衆についてフロイトが描いたプロセスを想起させずにはおかないし、俳優や歌手に対するあこがれのなかにも同じようなプロセスが見出せる。ここにあるのは組織化された大衆ではなく、同じ行動心理から集結した文学的カルトのメンバーである。つまり皆が一団となって、共通のモデルに同一化していたのだ。

このように多くの人々がひとりの人物に同一化する現象には、ほかにも熱狂した大衆との共通点が見られる。自我に他者が浸透しやすくなってその境界が薄れ、超自我の禁止から自我を解放させる効果を持つという点だ。なにしろこれはまともな状態ではない。人はそうした異常事態に陥ると、いつもは意識的な原則に反するがゆえに行なわないようなことまでしてしまうものなのだ。

*

しかしながら、読者と登場人物との同一化現象を確認するだけに終わってはならない。ホームズ・ファンのなかには、まるで虚構の世界を住処と定めたかのような輩《やから》も珍しくない。そこから引き離されるのが、彼らには耐えがたい苦しみなのだ。

こうした読者にとって、シャーロック・ホームズがワトスン博士と暮らす世界は単に想像上のものではなく、確固たる現実感を持っている。もちろんたいていの場合、無意識のうちにそう信じているだけだが。いくら病膏肓《やまいこうこう》に入ろうとも、彼らはシャーロック・ホームズが実在の人物でないとわかっているし、人に尋ねられれば平気でそう答えるだろう。けれども無意識のレベルでは、いささか事態は異なっている。そこでは妄信がひしめき、想像上の人物も濃密な存在感によって現実化するのである。

虚構の世界と《現実》の世界のあいだには、多かれ少なかれ主観によって養われた、それぞれに固有の中間的世界が存在するという仮説がここでも裏づけられる。この世界は完全に想像上のものでもなければ、完全に現実のものでもない。というのも両世界の住人が交差し、交わるところなのだから。

各人が読書によって作りあげた中間的世界は、その主体が現実と幻想の区別を見失ったなら、病的なものと化すかもしれない。しかしそれは主体がアイデンティティを修正し、自己のイメージ改善を容易にするという有益な機能も果たしている。

この中間的世界は、妄想の世界に比べるとずっと緩やかである。妄想の世界は、厳格な条件に基づいた反復的なシナリオから逃れられない。しかしこの過渡的な空間において、主体はホームズあるいはモリアーティーたるべしという特定の位置を占めているとは限らない。そこでは多くの場合、主体のアイデンティティは曖昧かつ流動的で、文学作品の登場人物に対する関係も不明確なままかもしれない。それでも彼は間違いなく中間的世界の住人であり、そこで起きる出来事から心理的な影響をこうむるのである。

つまり多くのホームズ・ファンにとって、名探偵の死は単に読書の楽しみが失われたということだけでなく、彼らの心が住まう中間的世界、自らの一部である世界に対する暴力的な介入でもある。その意味で彼らは、心の底から精神的苦痛を感じている。ほかの読者たちが作る世界とも領域を共有し、狂信的な大衆と同じく強い団結力で結ばれているだけに、苦痛もまたいっそう大きい。

*

もちろんこの中間的世界は一時的な滞在地である。《現実》世界の住人は作品世界の代替地として、その延長上に作り出した世界に移り住み、登場人物たちと出会うことができる。こうしてコナン・ドイルの読者たちはいっとき現実を離れ、この別世界に移住してきた。ところが名探偵の死により、彼らはそこから追放された思いがしたのだ。

しかし、これとは反対方向の移動もありうる。ときにはフィクションの登場人物が同じ道を通って日頃閉じ込められている世界から抜け出し、われわれの世界に入り込んでくることもありうるのだ。

第三章　テクストからの移住者

シャーロック・ホームズの死に対する読者の反応は、われわれとフィクションの登場人物とのあいだにいかなる関係が結ばれうるかを示す驚くべき一例証であり、文学史に大きな痕跡を残す出来事だった。それだけに、彼の死と密接に結びついたもうひとつの現象、すなわちコナン・ドイルが名探偵を葬ろうと決意した理由がかすんでしまった。

ドイルの決意は一見したところ、まったく理解しがたいものである。というのもシャーロック・ホームズは生みの親に成功と富をもたらしたのだから。この謎はのちに見るように、『バスカヴィル家の犬』のなかで何が起きたのか、どうしてホームズは事件の真相を解明できなかったのかということと密接に関連している。だからこそわれわれは、ドイルがホームズを殺す決意をした理由を解明しなければならない。

＊

コナン・ドイルはホームズ・シリーズを終わりにしようと決めた理由を、繰り返し表明している。曰く、もっと別な作品に集中したい。自分にはそちらのほうがずっと価値があり、全力を傾けるに値する作品に思えるのだと。

ホームズ・シリーズの愛読者にはあまり知られていないことだが、ホームズものはドイルの膨大な小説作品のごく一部にすぎない。ドイルの小説は多くが連作の冒険もので、さまざまな時代を舞台にしている。例えば時代設定を中世に置いたナイジェル卿のシリーズ、第一帝政期に繰り広げられる勇将ジェラールの連作短編。アメリカに初めて到着した移民を描いた『亡命者』やＳＦ小説もある。

こうした文学作品に加えて、ドイルはボーア戦争のように自ら関わった国際問題や、交霊術についてのエッセーも数多くものしている。とりわけ交霊術への熱中ぶりは尋常でなく、自らの名声を危うくするほどだった[1]。

ホームズ・シリーズしか知らない現代の読者は奇妙に思うだろうが、コナン・ドイルは名探偵の冒険よりも、それ以外の作品をずっと大切にしていた。ほかの主人公たちの冒険に比べれば、ホームズ・シリーズなどさして面白くはなかろうというのがその理由だった。ドイルは後世のことを考え、より価値ある作品に専心したかったのだ。

ホームズ・シリーズの成功によりほかの作品がかすんでしまうのではないか、そちらの作品にもっと時間を割《さ》きたいという思いだけで、ドイルが名探偵に反感をつのらせていったわけは説明しきれないだろう。

＊

ドイルは早い時期から、ホームズを厄介払いしようと考えていた。初めは六つの連作短編で終わらせるつもりだったが、さらに六作続けることに同意した。けれどもこの第二シリーズが終わる前から、彼は母親にこう書き送っている。「ぼくは六作目でホームズを殺そうと思っています。ホームズのせいで、もっと大事なことがらに気を配ることができないんです」[2]と。愕然とした母親は、ホームズ・シリーズ中もっとも有名な作品のひとつ「橅《ぶな》の木屋敷の怪」のプロットを提供して、いったんはホームズの命を救ったのだった。[3]しかしそれも、いつまで続くかわからなかった。ドイルはホームズ殺しをあきらめたわけではなく、殺害方法について思い

1 コナン・ドイルの知られざるこの後半生については、Patrick Avrane, *Sherlock Holmes & Cie. Détectives freudiens*, Audibert, 2005. を参照。
2 同書 p.165
3 同書

をめぐらしていたからである。「ホームズほどの男を、ささいな理由やインフルエンザで死なせるわけにはいかない。彼の最期は荒々しく、ドラマティックでなくてはならない。」[4]「ホームズのせいで、もっと大事なことがらに気を配ることができない」と手紙に書いたとき、おそらくドイルの念頭には、第一の関心事だった冒険物語シリーズの続編があったのだろう。しかし、ことはもっと深刻なのではないか。問題はただ単に、名探偵によって生みの親が執筆を妨げられていたかどうかではない。

実際、ドイルの口吻たるや、ホームズのせいで生きていられないと言わんばかりだ。シャーロック・ホームズとの関係についてドイルが使っている表現は、名探偵との心理的共存によって彼がどれほど苦しめられたかを雄弁に物語っている。曰く「わたしがホームズを殺さなければ、彼がわたしを殺すだろう」[5]と。ホームズは単に執筆の妨げになるだけでなく、まるでモーパッサンのオルラ同様、彼を抜け殻にしてしまう恐ろしい分身であるかのような言い方ではないか。

こうして彼ら二人のあいだに少しずつ影を落としていった感情、それは憎しみだった。ドイルは自らの社会生活、内面生活においてあまりに大きな位置を占める登場人物の存在に、もはや耐えきれなくなった。読者たちはいつだって、彼とドイルとを同一視する。自ら作り出した登場人物に脅かされているのは、ドイルのアイデンティティそのものだった。そしてドイルはそのアイデンティティを、どんな犠牲を払ってでも守らねばならなかった。

これほどの成功をもたらしてくれた人物を、よくもまあこんなに激しく憎悪できたものだ。しかし一見、逆説的《パラドクス》だと思えることも、無意識にとっては必ずしもそうとは限らない。ドイルがかくもホームズを憎悪し始めたのは、彼のおかげで成功を勝ち得たからにほかならないとも考えられる。

*

ガブリエル・リュバンが『なぜ人は役立つ相手を憎むのか』[6]という本のなかで端的に論じているように、わたしたちが自分の助力者に対して心の奥底で抱くアンビヴァレントな感情について強調する精神分析家もいる。その感情が高じるあまり、本来なら感謝すべき相手を憎むことすらあるというのだ。どう見ても奇妙な話《パラドクス》だが、無意識の活動についてなじみのある者にとっては、さほど驚くにはあたらないだろう。われわれを助けてくれようとする人間はもちろんありがたい存在だが、そのせいで同時に自分の弱点を見せつけられるのがどうにも許せないのだ。ドイルが経験したのは、おそらくこう

4 同書 p.166
5 同書 p.129
6 Gabrielle Rubin, *Pourquoi on en veut aux gens qui nous font du bien*, Payot, 2006

した心理だろう。いくらほかの作品を書いても、ホームズ・シリーズほどの評価は出版界から得られない。ホームズの大成功によって、彼はそれを絶えず思い知らされたのだった。

さらには他者に過大な借りがあるとき、われわれは子供のような依存状態に陥り、大人になって必死に忘れようとした幼年期の根源的無力感を思い出してしまう。無意識のうちに抱いていたかつての負い目がこうして再び疼《うず》き始め、それとともに両親の相貌に結びついたアンビヴァレントな衝動が引き起こされる。

この負い目は解消できないものだけに、いっそう重くのしかかってくる。こちらは一方的に借りるばかりで、いつまでたっても返すあてはないのだ。相手から与えられたものをすべて返すなど――しかも新たなアイデンティティすら託されて――ドイルには望むべくもなかった。巨大な利益をもたらすこの相手は、文学作品の登場人物なのだから。

*

人はどうして自分に有益な人間を憎みうるのかという問題に加え、ここにもうひとつ、さらに特異な問題が提起される。すなわち、実在しない相手をどうしてそれほど憎めるのかという問題が。

それに対するもっとも簡単な答えは、次のように仮定してみることである。先ほど検討にかかった理由から、文学作品の登場人物はまさしく実在しているのだと。少なくともその登場人物に心を囚われた者にとっては、生死を左右するほどの存在感を有しているのだと。

そこから想像するに、コナン・ドイルは人生の一時期、ホームズから迫害されていると感じていたらしい。たしかにホームズはドイル自らが作り出した登場人物だが、やがて彼の身体に入り込んで内側から蝕《むしば》み、その存在を脅かしながら、殺されまいと断固たる抵抗を示すのである。

以上のような確認から、ふたつの仮説が導き出せる。コナン・ドイルは自らの想像に囚われてしまったにすぎない、というのが第一の仮説である。彼は虚構の登場人物に対し、まるでそれが現実世界の住人であるかのように振舞い始め、現実と虚構とを理論上分かつ境界を忘れてしまったのだと。

しかし第二の仮説も、完全には否定できない。それは《統合主義》の理論的立場からあらゆる可能性を導き出す。文学作品の登場人物は自律的な生を営み、ときにはもともと住んでいた世界を抜け出て、われわれの世界にいっとき滞在することもあると認めようというのだ。

現実世界と虚構世界のあいだには双方向の行き来が行なわれているというのが、要するにこの仮説である。シャーロック・ホームズの死を受け入れられなかった読者たちのように、ときにわれわれは虚構の世界に《移行》する。それならば虚構世界の住人たちが、逆の道筋をたどってわれわれの世界に移り住んでも不思議はない。

文学世界の住人たちはリアリティと自律性を兼ね具えており、したがってその行動は現実の人間と同じく、全面的に制御しきれるものではない。虚構の存在が現実へ移入するとき、彼らの活動から多様な結果が生じる。

*

文学作品の登場人物に自律性を認めること、それは文学について、作者や読者が虚構の登場人物に対して維持する関係について、ゴーレム・モデルに基づいて考えることである。

ゴーレムとは幻想文学に登場する人造人間で、彼を作った主人に命を吹き込まれるが、やがて造反して自ら運命を決すべく予想外の行動に出て、ついには殺人にまでいたる。[7] さまざまな時代と神話を超えて登場するこのキャラクターは、古代ギリシャのピグマリオン伝説に原形を見出すことができる。

かたやシャーロック・ホームズの賞賛者たち、かたやコナン・ドイルが、この名探偵を生きた人間のように見なし、それぞれその再生と死を願うさまには、たしかに何か幻想的なものがある。というのも彼らが虚構の人間とともに暮らす中間的世界では、現実と虚構のあいだに存在様式の違いはほとんどないからだ。

シャーロック・ホームズもゴーレムと同じように、いくつかの犯罪調査を経たのちに作者の命令に背き始める。そして作品と読者とのあいだにある中間的世界、虚構と現実が交わり、その属性が入れ替わるあの中間的場所で独自の生き方をしようとする。

登場人物の自律性は、殺されまいとして抗うときに頂点を極める。ドイルとホームズとの戦いで勝利したのは、実際ホームズのほうだった。犠牲者の激しい抵抗にあったのだろう、ほどなくドイルはホームズの再生を受け入れざるを得なくなる。そして『バスカヴィル家の犬』で再び名探偵を登場させたあと、彼を死なせることはすっかりあきらめ、新たな短編シリーズで元気な活躍を続けさせるのである。

＊

それゆえ文学作品の登場人物がその住処である本のなかに閉じ込められていると思い込むのは、危険な錯覚である。ホームズが生みの親を追いつめた方法がいい例だ。文学の登場人物は自律的な存在であり、ときとして現実世界にやって来る。そしてわれわれと仲良く暮らしたり、あるいはわれわれの存在を根本から揺さぶることを、ホームズの例ははっきりと示している。その意味で『バスカヴィル家の犬』が見せる真の幻想的な広がりは、ダートムアの荒地に取

7　グスタフ・マイリンク Gustav Meyrink の小説『ゴーレム』(白水Uブックス、白水社) 参照。

り憑いた魔犬のなかというより、作者や読者が登場人物とあいだで結ぶ関係のなかにあるのだ。この作品の強烈な魅力は、テクストだけに限定できるものではない。テクストは、あえてアプローチしようとする人が皆囚われる不可解な現象全体の中心にすぎないのだから。

それゆえフィクションの登場人物たちと、彼らに命を吹き込む作者や読者との関係を、これまで文学理論家がしてきた以上に重視しなければならない。実際、フィクションの登場人物は、われわれが彼らに注ぐ情熱を力の糧とし、ときにはあらゆる制御の手を逃れて主体的に虚実のあいだを行き来し、自ら住処と定めた世界のなかで予想外の行動に出る。

＊

ホームズの死に際して読者が示した強烈な拒絶反応や、作者と名探偵とのあいだに起きた激しい軋轢《あつれき》を考えたとき、読者ひとりひとりが自分と作品とのあいだで作る中間的空間において、現実世界の住人と虚構世界の住人とをつなぐ病理学的な関係を説明しうる概念の構築がぜひとも必要だろう。

作者や読者がフィクションの人物に命を吹き込み、彼らを愛したり滅ぼそうとしたりする情動的関係を、わたしは《ホームズ・コンプレックス》と呼ぼうと思う。一八九三年、ホームズの死によって愛するヒーローから見捨てられたと感じた多くの読者たちは、程度の差はあれ皆このコンプレックスを抱えていたのである。自らが作り出した登場人物と安定的な関係を保てずにいたコナン・ドイルについても、それは同じことだった。

このように文学作品の登場人物との関係がきわめて濃密になるあまり、彼らが虚実を分ける緩やかな境界線を越えてしまうこともある。ホームズ・コンプレックスが虚実の分離不能から生じるとしたら、それはまた虚構の人物に自律をうながし、エネルギーを与える結果になる。こうして虚構の人物は二つの世界を行き来し、私的な策略を巡らすのである。

ホームズ・コンプレックスが病理学的な広がりを見せ、さまざまな形態の狂気に通じるものだからといって、それがまた豊かな創造力の源、作品を理解する糧となることを忘れてはならない。ドイルはホームズ・コンプレックスに囚われていたからこそ、名探偵に対する憎しみをばねにして豊穣な物語を生み出し、彼を数多くの独創的な危険に立ち向かわせることができたのだ。

こう書いているわたし自身、ある種のホームズ・コンプレックスに囚われていないわけではない。だからこそほかの読者よりも巧みに、真犯人の秘められた思いを再構成しえた。もしわたしが真犯人の仄暗い魅力を感じ取り、互いがいっときひとつになる中間的空間のなかで真犯人と親しく交わらなかったら、その正体を暴けなかっただろう。

＊

ホームズ・コンプレックスの影響を色濃く受けた『バスカヴィル家の犬』には、ドイルとホームズの葛藤の跡や、ドイルがホームズを殺したいほど憎み続けた痕跡がいたるところに残っている。とりあえず、「最後の事件」（『回想』所収）におけるホームズ殺しは失敗した。というのもドイルは読者の圧力に負けて、ホームズを復活させざるを得なかったからだ。しかし再びホームズを登場させたこの事件で、新たな、そして今度は象徴的な殺人が試みられる。『バスカヴィル家の犬』が出版された状況そのものが、ドイルとホームズとの激戦を物語っている。実際、ドイルは最後まで名探偵の再生をためらっていた。一時、彼はこの作品にホームズを登場させないことも考えていたが、印税を二倍にすると出版社から約束され、ようやく意を決したのだった。[1]

だからといってドイルは、名探偵の帰還を喜んで受け入れたわけではない。そしてこのためらいにより、『バスカヴィル家の人』という小説はフロイトの言う《妥協形成》の大規模な一例と化した。ドイルはホームズを殺したいほど憎みながらも、同時に罪悪感に駆られて、殺人

1 James McCearney, 前掲書（一四九頁の注1参照）p.240

に手を染めることを恐れていた。それがテクストにはっきりと示されているという点で、この作品は妥協の産物なのである。[*]

例えば『バスカヴィル家の犬』を読んだとき、ホームズの登場場面が極端に少ないことに驚かずにはおれないだろう。忠実なワトスンとともにモーティマー医師を迎え、ヘンリー・バスカヴィルと面会したあと、ホームズは友人に調査を託して物語から姿を消す。こうした権限の委譲は、ほかの六十にのぼる調査と比べても珍しい。主人公の消滅は第二の、象徴的な意味での殺人に等しいと思わざるを得ない。

ホームズは物語の最後に再び登場するものの、前述したようにそこでも間違いを繰り返し、不正確な推理を重ねるばかりである。こんなに不手際が続くのは、この登場人物にいいかげん苛立ち始めた作者のアンビヴァレントな意識が反映されているのではないかと読者が思いたくなるほどだ。

こうしてみると、まるでコナン・ドイルはホームズの復活を心から受け入れたわけではなく、[2]出版社や読者に強制されていやいや彼を生き返らせたけれど、わざと作品のなかで登場シーンを少なくし、華々しい活躍はできるだけさせないでおこうとしたかのようだ。

*

まずドイルはシャーロック・ホームズを作品に登場させまいとし、次に事件の調査権を取りあげたが、それだけでは満足しなかった。奇妙にもホームズを絶えず悪の力と結びつけて描くことで、彼に対する憎しみを透けて見えさせたのだ。

作品のなかで続くそうした糾弾は、ふたつのレベルで行なわれている。まずそれはホームズが姿を消し、ワトスンが荒地で見かけた謎の人影（実はホームズなのだが）こそ自分の追っている犯人ではないかと思い始めることと結びつく。この人影は初めて登場したときから、不気味な表現で描かれる。

と、まさにこの瞬間だったのだ、この夜のなによりも奇怪な、しかも意想外の出来事が

2　それにこれは——ドイルがまだ決心をつけかねていたかのように——部分的な復活だった。というのも、『バスカヴィル家の犬』はホームズがライヘンバッハの滝で姿を消す前に起きた事件で、その記録があとから見つかったという設定になっているからだ。彼が真の復活を遂げるのは、「空屋の冒険」（『復活』）においてである。

＊訳注　妥協形成については、『増補版精神医学事典』（弘文堂）において、次のように説明されている。「抑圧されている欲求や願望が、意識化を妨げる自我の力と葛藤し、いろいろな変形を受けた後に意識の領域に入るのを許される場合、そこで働いている機制が妥協形成と呼ばれる機制である。この妥協形成においては、無意識の側から見ると、欲求はそのままではないにせよ、形を変えて満足されるし、自我の側から見るとその防衛の要求は、抑圧されている表象を不明のものに変型することによって満足されることになる」

起こったのは。われわれが見込みのない追跡をあきらめて、めいめい石から腰をあげ、〈館〉へひきかえそうとしたときだった。月はいま右手に低く傾き、その銀色の円盤の下端のカーブを背景に、花崗岩の岩山がひとつ、ぎざぎざの尖塔さながらに浮きでていた。そこに、輝く鏡面を背にした黒檀の彫像よろしく、岩山のてっぺんに立つひとりの男の姿がくっきりと見てとれるのだ。ホームズ、どうか幻覚だなどと思わないでくれ。これほどなにかをはっきり見た覚えはいままでにないくらいだ。判断できたかぎりでは、それは長身瘦軀《そうく》の男の姿だった。脚をわずかにひらいて立ち、腕組みをして、ややうつむきがちの姿勢――眼下に横たわる果てしない泥炭と花崗岩との荒れ地に、じっと目を凝らしているかのようだ。ひょっとすると、このまがまがしい土地そのものの、それは精霊だったかもしれない。(一九〇頁)

あの男が犯人かもしれないという考えは、このときまだワトスンの心に芽生えてはいなかったとしても、ホームズを登場させる舞台背景や、とりわけ彼の描き方(「このまがまがしい土地そのものの、それは精霊」)は、ワトスンが倒そうとしている邪悪な力を連想させる。岩山の男(と彼はこれ以降、呼ばれるようになるのだが)に対する疑いは、次の一節でさらに強まる。そのなかでワトスンは見知らぬ男の存在に触れて、彼はロンドンでヘンリーのあとをつけた謎の男と同一人物かもしれないと述べるのである。

そうなると、未知の人物がいまなおわれわれをつけまわしていることになる——ロンドンで、やはりわれわれをつけまわす正体不明の怪人物がいたように。結局、あの男をふりきれなかったということか。ここでもしその男の正体をつきとめることができれば、われわれもさまざまな困難の果てに、なんとか先へ進む活路だけは見いだせるかもしれない。ならば私も、このたったひとつの目的のために、全精力を傾けてみようではないか。（二九五—一九六頁）

ワトスンは岩山の男が隠れ家にしている岩室まで行ったとき、ホームズが悪の力に結びついていることをまた別な表現で繰り返している。男の正体を突き止めようと岩室のなかを調べていると、「ワトスン先生はクーム・トレイシーへ行った。」（二三四頁）という走り書きが見つかる。

ちょっとのあいだ、このそっけない伝言の意味がなかなか頭にはいらず、紙を手にしたまま立ちつくしていた。してみると、謎の怪人物につけまわされていたのは、サー・ヘンリーではなく、この私だったのか。もっとも、謎の男自身が私を尾行するわけではなく、手先——たぶんあの少年だろう——に命じて、あとをつけさせていた。そしてこれは、その手先からの報告なのだ。おそらく、このムーアにきて以来、私の一挙一動は細大もらさず監視され、報告されていたものと思われる。考えてみれば、つねにそういう感じはあったのだ——なにか目に見えない力にとりかこまれているという感じ、細かな網の目がこのうえない精妙さと巧みさで周囲に張りめぐらされているという意識。それはごくごく軽く頭上にかぶさっているだけなので、ほんのときたま、なにか天啓のようなものに導かれた瞬間ででもなければ、自分が網の目のなかにからめとられていることさえ気づかないのだ。(二三四頁)

つまりは、たとえこのあと岩山の男の本当の正体がわかって、曖昧さが払拭されるとしても、ワトスンの誤解によってホームズはずっと侮蔑的な言葉で描かれ続けてきた。それはドイルの隠された感情を無意識のうちに表わしていたのだと考えられるだろう。

＊

もちろんホームズが岩室に戻ってくれれば、そこに隠れていた男の意図についてワトスンがあれこれ悩む(はたしてこの男は、私たちに害意をいだく敵なのだろうか。それともひょっとして、私たちの守護天使なのか。〔二三五頁〕)必要もなくなるが、名探偵についた邪悪な印象を完全に払拭するにはいたらない。

ホームズに対する悪印象は、後にまた別の形で現われる。今度は探偵を犯人とではなく、魔犬と混同することによって。探偵と魔犬は敵対関係にあるはずだが、両者のあいだにはいくつもの類似点があることを、奇妙にもテクストは繰り返しほのめかしている。

ドイルの作品以前にも、ミステリの探偵と犬が同一視されている例はある。ドイルが影響を受けた作家のひとり、エミール・ガボリオの小説がそうだ。もっともガボリオの場合、探偵を貶《おとし》めたり戯画化するためではなく、犯罪捜査の活動を表わす隠喩としてである。手がかりや追跡の隠喩、犯罪捜査を犬の活動になぞらえた隠喩だ。

そうした比較ができるのは、ガボリオやドイルの作品で探偵が探す手がかりの性質によっている。とても微細な手がかりを見つけるためには、どうしても身をかがめ、ときにはしゃがみ込まなくてはならない。さらには、臭いでわかる手がかりもある。それらの要素が集まって、探偵に犬のような体勢を取らせるのだ。

探偵と犬の比較は、シャーロック・ホームズが登場する場面でしばしば繰り返されている。ホームズの最初の冒険『緋色の研究』でも、すでにそれは見られる。ワトスンはホームズの人物像を、そこで次のように描き出している。

そう言いながら、ポケットから大きな円い拡大鏡と巻き尺をとりだした彼は、このふたつの道具を手に、部屋のなかを音もなく小走りに動きまわりはじめた。ときに立ち止まり、何度かは膝をつき、一度は床に腹這いになるなどして、熱心に調べをつづけたが、仕事に熱中するあまり、そのあいだは私たちの存在すら完全に忘れ去っているように見えた。というのも、最初から最後まで、たえず口のなかでぶつぶつ独り言を言いつづけ、あいまには、おおっと叫んでみたり、うなってみたり、口笛を吹いてみたり、ときには、心の弾みや期待を示すものらしい、小さな歓声を連発するなどしていたからだ。見まもりながら、私がつい連想せずにはいられなかったのは、純血の、よく訓練されたフォックスハウンドだった――勢いこんでくんくん鼻を鳴らしながら、獲物のひそんでいるあたりを行きつもどりつして、ついには見失った臭跡を嗅ぎあてる猟犬。[3]（『緋色の研究』六一―六二頁）

「ブルース＝パーティントン設計書」のなかでも、ワトスンはホームズの表情が変わったことについてこう述べている。

真剣そのもののその顔を見れば、いまだに先刻とおなじあの食いつきそうな、張りつめた表情が宿っている。一目見ただけで私には、なにか新しい、示唆に富んだ状況を受けて、彼の脳内にひとつの刺激的な思考の回路が生まれつつある、と察せられる表情だ。いってみれば、耳をたれ、尻尾を巻いて、犬小屋の周辺でのらくらしているだけだったフォック

スハウンドが、急に目を爛々《らんらん》と輝かせ、首を高くもたげて、強い臭跡を追って走りだす
――まあそのような変化が、この朝以来のホームズの身に起きたことなのだ。(『最後の挨拶』一七二頁)

これほどあからさまにではないにせよ、ホームズと犬との比較は作品のなかによく出てくる。例えば「悪魔の足」でも、ワトスンはホームズのことを「年功を積んだ猟犬が〝獲物発見〟の合図を耳にしたかのように」(『最後の挨拶』二九〇頁)椅子の中でからだを起こしたと書いているし、さらにその先ではもっと際立った比較がなされている。

あっというまに芝生へとびだし、ふたたび窓からなかにはいり、二階の寝室へ駆けあがる
――どこから見ても、獲物を隠れ場から狩りだそうとする、敏捷なフォックスハウンドさながらだ。(『最後の挨拶』三一一頁)

このようにホームズのなかには、犬がストーリーの中心に置かれる作品以前から、この動物との秘めたる親近性があった。ドイルがホームズに対してかねてより抱いていたアンビヴァレ

3　ホームズ・シリーズの第一作となったこのテクストで、ホームズも自分自身を犬になぞらえている。「ぼくは猟犬ではあっても」(『緋色の研究』七三頁)

ントな意識の表われだろうが、それが『バスカヴィル家の犬』において大きくふくらんだのだった。

＊

ホームズと犬の比較は作品中で何度も繰り返されているが、名探偵が魔犬と対決する場面にも見られる。夜の闇から現われ出た犬が、ヘンリーに飛びかからんとする瞬間である。

うずまく霧の層の中心あたりから、かすかにぱたぱたと連続的な乾いた音が聞こえてきた。霧は私たちの待ち伏せ地点から五十ヤード以内にまで迫ってきていて、その中心からどんな恐ろしい魔物がとびだしてくるかと、われわれ三人、不安をおさえつつ、じっとそこを凝視するばかり。私はホームズのすぐそばにいたので、このとき一瞬だけ視線をはずして、ちらと友人の顔をうかがったのだが、その顔は青ざめてはいるものの意気軒昂としていて、月光を受けた目もきらきら躍っている。ところがつぎの瞬間、いきなりその目がとびださんばかりにくわっと見ひらかれ、くちびるが驚きに半びらきになった。（二九〇―二九二頁）

さらに同じ場面で、逆に犬が獲物を追う探偵のように描かれていることを指摘するならば、ホームズと犬との比較はいっそう驚くべきだろう。

ひらり、ひらりと、長く大きな跳躍をくりかえしつつ、その巨大な黒い生き物は、私たちの友人のあとを追って駆けてきた。（二九二頁）

この作品でホームズと犬の対句的な相似関係は、犬が光と結びついているだけにいっそう際立っている。ホームズとワトスンが撃ち殺した犬には、燐が塗られていた。そのせいで不気味な輝きを放っていたのだ。いっぽう作品の冒頭で、ホームズは明確に光と関連づけられている。ホームズはそこでワトスンのことを、自分とは違って自ら光り輝く発光体ではなく、その光を単によそに伝えるものだとあげつらうのだった[4]。

ホームズが犬のような顔をし、犬が探偵を思わせることからは、この最終場面における両者の渾然一体ぶりと、そしてホームズを殺そうという妄念が、ドイルの想像のなかでいかに意味深長なものであり続け、この作品の結末にまで侵入したかがよくわかる。

さらにそれを納得するには、バスカヴィル（Baskerville）という名前とホームズが住む有

4　『バスカヴィル家の犬』一一頁を参照。

名な通りの名ベイカー・ストリート（Baker Street）との奇妙な類似を指摘すれば十分だろう。この類似は《町《ヴィル》》と《通り《ストリート》》という場所を示す二つの名詞の対称《シンメトリー》によっても強調されていて、まるでドイルは作品のタイトルですでに、無意識のうちにホームズをベイカー・ストリートの犬だと呼ぼうとしていたかのようだ。

このような類似点を指摘したからといって、なにもホームズが殺人者だと非難しているのではなく、ドイルが自ら作り出した主人公に対して抱いていたアンビヴァレントな意識に対して注意をうながしているのである。この意識は筋立てに影響を与えずにはおかなかった。探偵を狙った象徴的な殺人の試み、それは見事成功したもうひとつの殺人の読解に、波紋を投げかける。『バスカヴィル家の犬』はその殺人についての物語なのである。

＊

つまりホームズ・コンプレックスの犠牲者たるコナン・ドイルは、自らが作り出したフィクションの人物たちを、二重の意味で制御しきれなくなったのだ。彼が自らの登場人物に対して抱いた憎しみは、事実ふたつの結果をもたらした。まずは犬に注意を集中させすぎたこと。しかしすでに見たように、犬に殺人の罪があるかどうかは疑わしい。ドイルは忌まわしい探偵から犬のほうへ、なんとか意識を転換させようとしているのだ。

さらにはホームズのほうも作者との抗争で疲弊し、ストーリーの展開につれてダイナミズムを失っていった。その結果、『バスカヴィル家の犬』において物語の糸を引く邪悪な登場人物の跋扈《ばっこ》を許すこととなった。

コナン・ドイルはホームズとの抗争に没頭し、無意識のうちに彼を妨害していたため、ホームズが首尾よく調査を進め、もうひとり別の登場人物の殺意に対抗しうるだけの力を発揮できなかったことに気づかなかった。ホームズに対する憎しみに苛《さいな》まれるあまり、ドイルはこの作品が読者も知らないうちに語っていたもうひとつの憎悪の物語に注意を向けず、そしてホームズよりも慎重だが彼よりはるかに恐ろしいゴーレムの犯罪行為を許してしまったのである。

現実

第一章　文学による殺人

『バスカヴィル家の犬』の謎を解く方法は二つある。ひとつは、物語の全体像を別の角度から読み解く視点を見つけること。真犯人が企んだとおりの見解を捨てたとたん、すべての出来事が別の意味を帯びてくる。しかしそうした視点の転換は、口で言うほどたやすくはない。経験的に言って、同じテクストを何年間も繰り返し読んでいても、正しい角度から見られないことはありうる。

もうひとつの方法は、最初の殺人場面から始めて不自然な点をひとつひとつ検討していくことだ。なんのことはない、ホームズの方法をもっと厳密にあてはめ、順番に推論を重ねていけばいいだけだ。センセーショナルなものに目を奪われさえしなければ、すべての手がかりが必然的にたったひとりの人物を指し示していることがわかるだろう。

＊

というわけで、最初の殺人場面に戻ってみよう。一七四二年の古文書に語られた怪事件の延長線上にあり、ホームズが調査を始める原動力となっただけに、いっそう印象的な場面。ここにはひとつ、単純な疑問点がある。答えも同じように単純だが、そこから芋づる式に導かれる結果は見過ごすことができない。

疑問というのはすでに見たように、犬の矛盾した反応に関するものだ。犬はあの場面でチャールズ・バスカヴィルに飛びかかろうとしながら、途中でそれをやめている。それに対してホームズは常識はずれにも、犬は死体を好まないからだなどというこじつけの解釈を下した。犬はチャールズが心臓発作で死亡したことを瞬時に悟り、引き返すことにしたというのだ。

何世代にもわたる読者たち、さらにはホームズの専門家たちまでが、こんな解釈を唯々諾々《いいだくだく》と受け入れていたとは、いやはや人間とはずいぶん妄信しやすいものだ。いずれにせよ、このような妄信は真犯人の物語的な力がいかに強いかを示している。真犯人はとるに足りない事実を、まんまと伝説に結びつけた。その結果、探偵も読者もおよそ怪しげなその伝説を、何の疑問も抱かずに受け入れてしまった。

そもそもこの場面について、とりわけ犬の習性について、解釈上の問題などほとんどないのだから、驚きではないか。ステープルトンの犬がまずチャールズ・バスカヴィルのほうへ走り出し、そのあと飛びかかるのをやめたのだとしたら、それは主人の傍から離れた犬を、ステープルトンが呼び戻したからである。この場面に幻想物語的な要素を投影することなく、いかに面白みに欠けようがありのままの現実を見るならば、こうした単純な説明だけが、現場に残された一連の手がかりを――その第一は、途中で止まった犬の足跡だが――説明しうるのである。

＊

この第一の推論から、すぐさま次の推論が導かれる。いささか興ざめな推論だが、退けるわけにはいかない。現場に残された手がかりの意味を前記のように解釈するなら、そこから論理的に導かれる結論は、これが殺人事件ではなく事故だったということになる。

もともと警察官たちもそうした結論に達していたのに、ホームズはモーティマー医師の証言から疑問を抱いたのだった。しかしこの証言は、むしろ事故説を裏づけるものである。というのも欠けていたピース、つまり事故説では不明だった心臓発作の原因を説明してくれるからだ。

遺体に暴行を受けた痕跡はいっさい見受けられず、またその形相がほとんど信じがたいほどに激しくゆがんでいたとの証言――実際、あまりに変わりはてた形相に、モーティマー医師は当初、目の前に横たわるのが、親しい友であり、患者でもある人物と認めるのを拒んだほどだったが――この点についても、これは呼吸困難や極度の心臓の疲弊によって死にいたった場合にありがちな現象、との説明がなされた。この説明は、検死解剖の結果、遺体に長期にわたる器質性疾患の跡が見つかったことからも立証され、検死陪審は、そうした医学的証言を踏まえた評決を出した。（三五―三六頁）

つまりホームズの間違いは、モーティマー医師の証言によってわかった新たな要素、巨大な犬が残した足跡から、すぐさま殺人事件という解釈を下したことにある。彼はそうした要素を大袈裟に捉えすぎてしまったのだ。そこから導くべきは、別なかたちの事故があったという仮説（たしかに、あまり想像力を刺激する仮説ではないが）だったのに。もはや原因不明ではなく、恐ろしい光景によって引き起こされた事故だ。チャールズの死に顔が醜く歪んでいたのも、モーティマー医師の証言によってうまく説明がつく。恐ろしい犬がいきなり現われたからこそ、彼は顔を歪ませたのだろう。だからといって、犬が意図的にけしかけられたとは限らない。

つまり警察の解釈（チャールズ・バスカヴィルは突然、原因不明の心臓発作に襲われた）とホームズの解釈（チャールズ・バスカヴィルは彼を殺そうと故意に犬をけしかけられたために死んだ）とのあいだには第三の道がありうるのだ。この第三の仮説では、足跡が示すとおりまず犬が攻撃を仕掛けたことになる。しかし足跡は途中で途切れているのだから、攻撃は未遂に終わった。つまり犬をけしかけてチャールズを殺そうとしたわけではなかったのだ。*

この仮定に沿って推論を続けるなら、ステープルトンは愛人への助力を請うため、自らチャールズ・バスカヴィルとの待ち合わせにやって来たのだと考えねばならない。夜、散歩に出るときはいつもそうしていたように、彼は犬を連れていた。鎖でつながれていたかどうかはわからないが、ともかく犬はいきなり主人のもとを離れ、チャールズめがけて走り出した。ステープルトンはすぐに呼び戻したが——犬が途中で引き返したわけを説明するには、そう考えるのがもっとも自然である——犬に驚いたチャールズが心臓発作を起こしてしまったのはまったく想定外のことだった。こうした状況からして、ステープルトンが事件の晩、屋敷の近くにいたことを隠していたとしても無理はない[1]。だからといって、彼が犯人だとは見なせないだろう。

＊

ところが奇妙なことに、この作品では一貫して探偵も読者も単純明快な説明から現実離れし《ファンタスティッ》た《ク》説明のほうへと向かってしまう。面白みという点ではたしかにまさっているが、まったく信憑性に欠ける説明だ。

犬が放つ青白い光から、ホームズはすぐさま犯意を感じ取っているが、これについても同じことだ。その犬は荒地《ムーア》を抜ける多くの人々に目撃され、魔犬の復活という風説を生み出す結果となった。最後の場面でも、たしかに犬はある種の光を放っている。

それは犬だった——巨大な漆黒の犬。だが、いまだかつて人間の目が、このような化け物犬を見たことがあるだろうか。ぐわっとひらかれた口からは火が噴きだし、両眼は熾火《おきび》さながらに爛々《らんらん》と燃え、鼻面《はなづら》から首毛から喉の下の垂れ肉から、いたるところがちらちら揺れる炎にふちどられている。(二九二頁)

ワトスンの大仰な語り口はさて置くとして、犬に蛍光塗料が塗られていたのは間違いないし、その物質が燐だというのにも異論の余地はないだろう(同書二九四頁)。けれどもそこからホームズが引き出した結論は、少なくとも性急なものだった。

もしかしたらステープルトンは、わざわざ巨大な犬を連れて夜の荒地《ムーア》を散歩するのが楽しみだったのかもしれない。そうやって農民たちを怖がらせておけば、誰にも邪魔されずに散歩で

1　しかも彼はローラ・ライアンズを脅迫している(「(……)あたくしを脅かして、沈黙を守らせたんです」(二八一頁))。しかしステープルトンがチャールズ・バスカヴィルを殺したのなら、いつなんどき警察に通報しかねないローラを生かしておくわけがないのでは?

＊訳注　ホームズは、犬がチャールズの死体から離れたときに足跡がついたものと説明しているが(「追った相手が地べたに倒れたきり動かないのを見た犬は、たぶんそばへ寄って、においを嗅ぐかどうかしただろうが、相手が死んでいるとわかると、そのまま背を向けて歩み去った。そのときなのだ——のちにモーティマー医師が実際に目にすることになった巨大な足跡、それが現場に残されたのは。」(三一二頁))、足跡は死体から二十ヤードも離れたところについていたのだから、これは奇妙な解釈だろう。いずれにせよ死体の状況から見て、犬がチャールズに襲いかからなかったのは確かである。

きる。さらにはそうした思いつきが、誰かの入れ知恵だった可能性も否定しきれない。犬を連れた殺人者の存在を匂わせることで得をする人間が、ステープルトンをたきつけたとも考えられる。もっとも単純なものから始めてあらゆる可能性を検討してからひとつを選ぶのが、やはり最低限の厳密な手順である。

ステープルトンは愛犬とともに、暗く人気《ひとけ》のない荒地《ムーア》を散歩するのが好きだった。荒地《ムーア》はたいてい濃い霧に包まれ、道を逸れたらどんな生きものも底なし沼にはまって命を落としかねない。だとしたらステープルトンがかわいい犬に蛍光塗料を塗って、遠くからでも見えるようにしたとしても、それは殺人計画の証拠ではなく愛情の証だろう。

*

死因や足跡といった要素をすべて考慮に入れるなら、チャールズ・バスカヴィルの死は論理的に見て事故としか思えないが、ホームズがその可能性を切り捨ててしまったのもわからないではない。ただの事故では、彼の世界観と相容れない。ホームズは何が何でも殺人事件に仕立てたかったのだ。満月の夜、悲劇的な状況のなかで企てられた荘厳な殺人を夢見る男にとって、事故死はあまりに月並みすぎる。

事件の発端となった死のカムフラージュは、単なる事故を殺人に見せかけるに留《とど》まらず、犬を使った殺人者をまんまとでっちあげることだった。こうして伝説の怪物が新たな形で復活し、忌まわしい殺人事件に熱中したホームズは、彼の存在を求め、正当化する恐怖が荒地《ムーア》を支配しているものと思い込んでしまった。

なるほどこの物語では、すべての出来事が真犯人の手により、幻想とメロドラマという二重の方向性で微妙に書き換えられている。本当の殺人はいくつかの事実を語るなかに、細部を力説するなかに、イメージの選択のなかにあったのだとわかったとき、真犯人が目的達成のために駆使したトリックの大きさが見えてくる。

『バスカヴィル家の犬』のなかで語られた殺人は、真犯人の文学的な才能によって成し遂げられたのである。その意味で、文学による殺人と言ってもいいだろう。実に巧妙きわまる殺人だ。なにしろそれは小説の中心に位置しながら、無邪気な読者の耳元で囁きかけられた物語は決して完全に解読されることはないのだから。それはひとつの簡潔な文のなかで頂点に達するが、殺人者の大いなる語りの才なくしては遂行しえなかった殺人である。殺人者は一貫して、ありのままの現実を偽装することに成功している。

＊

こうした偽装は探偵と同時に読者をも騙すことになるが、その主たる標的はシャーロック・

ホームズである。彼の軽信こそが、この物語を動かすメカニズムだった。それはホームズがどんな反応をするかをあらかじめ仔細に検討したうえで、彼のために作られ、書かれた物語なのだ。

この物語がホームズに向けられたのは、調査を請け負った彼が狙い撃ちされたというだけでなく、ホームズがこの地にいることが殺人を可能にする大事な要素だったからにほかならない。もし彼がいなければ、殺人も起きえなかっただろう。真犯人は、凶行を果たすためにホームズを必要とした。というのも、彼こそがその要《かなめ》だったのだから。

『バスカヴィル家の犬』のなかでホームズは、呪われた魔犬など信じていないと繰り返し広言しているが、結局彼はまた別の伝説に囚われてしまった。犬を使った殺人者が犠牲者たちを心臓発作で殺していると、真犯人に信じ込まされてしまったのだ。


「(……)前にロンドンでも言ったことだがね、ワトスン、何度でも言うよ──相手にとって不足のない敵とは、まさにあいつのことだ、あれほど〝好敵手〟の名にふさわしい相手はいない、って」

「(……)あいつは悪魔そこのけに奸悪《かんあく》なやつなんだよ! あいつが悪の手先として使ってるのが人間であれば、まだしもなんらかの証拠を手に入れられる見込みもないではないが、たとえその巨大な犬を白日のもとにひっぱりだしてみたところで、犬の主人の首に絞

首縄をかけるのは、とても無理だろうね」(二六〇―二六一頁)

事件の発端となったヒューゴー・バスカヴィルの死から数世紀後、ホームズは魔犬伝説など歯牙《しが》にもかけぬつもりでいながら、それとよく似た伝説を生み出し、広めている。たしかに今回の場合、犬は主人に伴われているとはいえ、すぐれて合理的な精神をも惑わしかねない神話的な生きものなのである。

ホームズ自身、ついにはその伝説に絡め取られ、仲間にも触れまわることとなった。それゆえ彼はこの荒唐無稽な物語の、共同の語り手だと言ってもいい。彼は真犯人が用意したシナリオに尾ひれを加え、それに目をくらまされていることに気づいていない。

ホームズの反応はすべて見透かされているが、彼の考えや意見もまた真犯人の期待に沿ったものとなっている。注意深く耳を傾ければ、そこにはホームズとは別の声が聞こえるだろう。その声はホームズを介して、聞き手や読者を狙った方向へと誘導しているのだ。

共同の語り手たるホームズは、ある意味で殺人の共犯者でもある。というのも殺人はホームズなしではなしえなかっただけでなく、ホームズは知らず知らずのうちに、しかし作品を通じ一貫してその実現を手助けしているのだから。

＊

ホームズは自分でも気づかずに、この物語の共作者になっていた。だとすれば、すべきことがまだひとつ残っている。作品内で次々に交代するすべての語り手のなかで、事件の関係者と読者の心に犬を連れた殺人者という伝説を少しずつ巧妙に信じ込ませ、自分自身の犯行のために皆の現実認識を絶えず歪ませていった人物を同定することが。

第二章　見えない死

ありもしないところに殺人を見出そうとする強迫観念から脱し、事実を論理的に分析するならば、作品の冒頭で語られるチャールズ・バスカヴィルの死は事故だったというごくまっとうな仮説にいたる。しかしそう仮定しただけでは、未解決なままの問題にすべて決着をつけるにはほど遠いし、われわれに語られた物語を単なる三面記事に還元できるものでもない。

冒頭の場面が殺人ではなく事故だったからといって、『バスカヴィル家の犬』のなかで何ひとつ殺人事件が起きなかったわけではない。しかし最初にはっきりそう確認しておくことが、物語全体をホームズの目と彼にわざと偏った解釈を吹き込んだ者の目で見ることをやめ、一世紀あまり前、ダートムアの荒地で実際には何が起きたのかを理解するために必要なのだ。

＊

チャールズ・バスカヴィルの死は事故だったが――モーティマー医師が嘘をついていたのか

どうかはともかくとして——それでもやはり『バスカヴィル家の犬』は、まがうことなき殺人事件である。

物語の展開を包む全体的な雰囲気は——主観に重みがかかりすぎているとしても——怪しげな力が荒地《ムーア》に働いていること、そして闇を支配するこのずる賢い人物が、ホームズが無邪気にも暴いたつもりの犯人よりもずっと恐ろしいということを匂わせている。

さらには、この作品のなかで多くの死者が出ていることも忘れるわけにはいかない。デヴォンシャーの荒地《ムーア》で短期間のうちに三人もの人間——チャールズ・バスカヴィル、セルデン、ステープルトン——が死んでおり、ほかにも二人——ヘンリー・バスカヴィルとベリル・ステープルトン——が危うく命を落とすところだった。少し統計を調べるだけでも、バスカヴィルの屋敷周辺で死亡率と事故率が異常に高まっていたことがわかるはずだ。

しかも事故説によってチャールズ・バスカヴィルの死の謎は解決されるにせよ、まだ多くの疑問が解かれないままである。ロンドンでヘンリーとモーティマーのあとをつけたあごひげの怪人物は何者だったのか？　どうしてその人物はホームズの名を騙ってまで、探偵の注意を引きつけようとしたのか？　ヘンリー・バスカヴィルに危険を知らせる手紙を送ったのは誰か？　誰がなんのためにベリル・ステープルトンを縛りあげたのか？　道の脇に都合よく打ち捨てられていた靴のことは、どう説明づければいいのか？

*

事故の話をもとに作られた『バスカヴィル家の犬』が、どうして殺人の物語になりうるのだろうか？　答えは疑問自体のなかに含まれている。この作品には、もうひとつ別の殺人が存在するのだと仮定してみればいい。犬の話に目を奪われている読者や探偵には気づかれないだけに、たやすく実行できる殺人が。犬の話は物理的にも語りのうえでも大部分を占めるので、ほかには目が向かないのだ。

ほとんどのミステリ小説において、犯人は自らの有罪を実証されないよう捜査の裏をかこうとする。例えばアリバイ工作をしたり、犯行の動機をカムフラージュしたり、さらには別の人物に罪をなすりつけたりと。

しかし捜査が続く限り、犯人は気が休まらない。たとえ別の容疑者が逮捕されても、いつなんどきまた新たな捜査が始まらないとも限らないからだ。犯罪計画にとって、捜査こそ最大のウィークポイントである。そして捜査の結果、しばしば犯人は逮捕される。

殺人犯が自らの犯行をカムフラージュする方法は数多くあるが、殺人が露見しない限り犯人は安全だということを記憶に留めよう。それゆえ捜査の手を逃れる算段をするより、殺人そのものを隠蔽して、初めから捜査が行なわれないようにするほうが確実だ。そうすれば犯人は裁かれる心配なく、枕を高くしていられる。

＊

こうしたカムフラージュの方法に、犯罪の専門家たちが注目しないはずがない。例えばアガサ・クリスティは最高傑作のひとつ『ゼロ時間へ』のなかで、犯人がいかにして謀殺であることを隠しながら、犠牲者を死にいたらしめようとしたかについて語っている。

この作品の主人公ネヴィル・ストレンジはプロのテニス選手だが、鉄球を取りつけたラケットを使って親戚の老婦人レディ・トレシリアンを殺害する。それから彼は犯行現場の屋敷に、二種類の証拠を配備しておいた。ひとつは自分自身が犯人だと名指しするような証拠。しかしあまりにあからさまなので、警察もまさか犯人がこんなヘマをするわけはないと疑いを抱くだろう。きっと真犯人は別にいて、ネヴィル・ストレンジに濡れ衣を着せようとしているのだと思うに違いない。

そのあと警察はもう一種類の、もっと目立たない証拠に注意を向けるよう誘導される。今度はネヴィルの前妻オードリーが犯人だと示す証拠だ。彼女はトレシリアンを殺しただけでなく、ストレンジに罪を着せようとしたとして逮捕されかかる。捜査官の鋭い洞察力がなければ、きっと死刑を宣告され、絞首台に送られていただろう。

そうなれば、犯人であるネヴィル・ストレンジの思うつぼだった。彼は自分のもとを去ったオードリーに復讐を誓った。そして彼女を死刑にさせるためだけに、レディ・トレシリアンを殺したのである。第一の殺人、つまりラケットによるレディ・トレシリアン殺しは、犯人にとってなんら重要性はなかった。それは第二の殺人――オードリーを絞首台送りにすること――を偽装し、隠蔽するための手段にすぎなかったのだ。

メアリー・オルディンが言った。「レディ・トレシリアンの死は、さまざまな要素が積み重なった上でのことだったということ?」

「いいえ、ミス・オルディン、レディ・トレシリアンの死はちがいます。レディ・トレシリアンの死は、殺人犯の主目的の副産物にすぎません。わたしの言う殺人犯とは、オードリー・ストレンジ殺人事件の犯人です」[1]

こうして『ゼロ時間へ』では真の殺人が、警察にも読者にも完全に見過ごされてしまう。手品でもっとも大切なのは、観客の注意をタネや仕掛けからそらすことだ。それと同じように警察や読者は老婦人殺しに気を取られ、その解決ばかりに時間と労力と奪われて、第一の殺人に

1 『ゼロ時間へ』ハヤカワ文庫、三川基好訳、三四七頁。(傍点は原文のママ)

よって隠されたもうひとつの殺人が目の前で進行していることに気づかないのである。

＊

あらゆる点から見て、『バスカヴィル家の犬』においてわれわれが前にしているのも、こうしたタイプの策略である。真犯人は犬を使った殺人者をでっちあげて、真の殺人現場から探偵や読者の目をそらすことに成功した。かくして捜査は始まらず、殺人は誰にも気づかれないままに終わって、犯人が罪に問われる恐れは完全になくなった。『ゼロ時間へ』と同様、犯行の模様はある特定の時点で記述されるのではなく――たしかに被害者の物理的な死は、はっきりと同定しうるけれど――物語全体を通じて読者の目の前で繰り広げられている。読者はアガサ・クリスティの作品と同じく、緩慢な死刑執行にそれと気づかないまま立ち会っているのである。こうした観点からすると、『バスカヴィル家の犬』は犯罪捜査の物語ではない。それはじわじわと続く殺人のひそかな物語であり、読者はその観客であり共犯者なのだ。

しかしながら、両作品のあいだには二つの大きな違いがある。ひとつは『バスカヴィル家の犬』の真犯人が、第一の殺人を犯さずとも第二の殺人を実行できたこと。チャールズ・バスカヴィルの事故死を巧みに利用し、それを殺人に仕立てあげればよかった。その意味で、『バスカヴィル家の犬』における殺人はアガサ・クリスティが語った殺人よりも、はるかに洗練されている。余計な手間がかからず、自らの手を汚さずに済むのだから。

しかも『バスカヴィル家の犬』の真犯人は、ネヴィル・ストレンジが失敗した目的をみごと果たしただけに——そこがもうひとつの相違点なのだが——さらに洗練の度は高い。オードリー・ストレンジは警察の慧眼によって死刑を免れたが、コナン・ドイルの作品ではホームズも協力して被害者を死にいたらしめることとなった。しかも犯行後一世紀以上にもわたり、犯人は安穏とし続けているのだ。

＊

『バスカヴィル家の犬』の謎とはこのようなものであり、目に見えない殺人が行なわれた可能性が検討されたなら、解決はすぐに得られる。というのもこの作品で死んだのは、三人だけなのだから。すでに確認したように、あらゆる点から見てチャールズ・バスカヴィルは事故死である。この事故をめぐる解釈が、真の殺人にひと役買っていたのだけれど。

セルデンの死についても、状況をつぶさに検討してみるならやはり事故の可能性が高い。たしかに、彼が死ねば助かる人間はたくさんいる。とりわけ家族がそうだろう。だからといってセルデンの死が、念入りに練りあげられた殺人計画によるものだったとは考えにくい。厄介払いをしたければ、彼の居所を警察に知らせればいいのだから。

するると残るは第三の死だ。今まで一度も疑問視されず、まったく見過ごされてきたが、いくつもの問題をはらむ死。われわれがまず殺人犯の濡れ衣を晴らした男、ジャック・ステープルトンの死である。

ステープルトンの死がまったく見過ごされてしまったのも、驚くにはあたらない。そうなるようにと、真犯人は物語の初めからずっと仕組んでいたのだから。探偵と同じく読者は——それに作者もだが——犬を使った殺人者の犯行と称される代物に気を取られ、真犯人が目論んでいた唯一の殺人にまったく注意を払わなかった。対象がなければ捜査も始まらない。読者は何も気づかぬまま、真実探求の道を閉ざされたのである。

＊

殺人が存在しない以上、捜査を行なう理由もないのだから、それもいたしかたあるまい。おそらくステープルトンは死んだだろうと、作品のところどころでほのめかされているが、そこから事件性は読み取れない。正確には、死亡というより行方不明だ。だとすれば、何も特別な言及には値しない。

ステープルトンの死が最初にほのめかされるのは、ホームズとワトスンがベリルを解放した場面である。ベリルは二人に尋ねられ、夫のステープルトンが逃げるとすれば行き先は一か所だけ、底なし沼の真ん中にある島だと答える。彼はそこに犬を隠していたのだ。こんな濃霧では、どちらに向かったらいいかもわからないだろうとホームズが指摘すると、ベリルもステープルトンが帰り道を見つける可能性はまったくないと断言した(『バスカヴィル家の犬』二九九頁)。このやりとりのなかで、ステープルトンが死んだとははっきり語られてはおらず、ベリルによって暗示されているだけだが、死因については何の疑惑も呼び起こさない。

翌日の出来事を語った場面で、ステープルトンの死亡が宣言されるところでも同じだ。霧が晴れると、ホームズとワトスンはベリルの案内で底なし沼のあいだを抜けていった。ステープルトンが捨てたとされる深靴が見つかったのは、この案内のおかげである。ホームズはこの深靴から、ステープルトンがそこまでは無事たどり着いたものと考えた(同書三〇二頁)。しかし、死の状況そのものはやはり不明である。

とはいえ、それ以上のことは、推測ならどのようにもつくにしても、明確に見きわめることはついにできなかった。泥海で足跡が見つかる見込みなどまったくない。かりに足跡が残ったとしても、たちまち周囲の泥がむくむくと盛りあがってきて、すべてをおおいつくしてしまうからだ。それでも、ようやく泥沼を渡りおえ、対岸のかたい大地にたどりついたところで、なにか見つからないかと、一同、懸命に周囲を探しまわった。だが、どれほどかすかな痕跡らしきものも、ついぞ目にはいってくることはなかった。かりに大地が真実を語っているならば、結局ステープルトンはめあての島まではたどりつけなかったのだろう――ゆうべのあの霧のなかで、なんとか島の隠れ家までは、と苦闘に苦闘を重ねたのは確かだが。かくしてこの冷血にして残忍このうえない殺人者は、かの〈グリンペンの大底なし沼〉の中心に近いどこか、巨大な泥沼の忌まわしい軟泥の底深く、いまも永遠に埋もれたままでいるはずだ。(三〇二―三〇三頁)。

ステープルトンがどこで死んだのかは不明確だし、本当に死んだのかさえ定かではないとしておけば、この男をうまいこと死から切り離しておける。

日時も場所も確定できず、不審な点も見られない。そもそも蓋然性も十分ではないのだから、ステープルトンの死が物語から完全に忘れ去られ、それゆえ捜査がまったく行なわれないのも無理はない。かくしてステープルトン殺しの犯人はまんまと犯行を隠し、同時に自分自身も表に現われずにすませたのだった。

＊

『バスカヴィル家の犬』はステープルトンの緩慢な処刑を語っているという見解に立つならば、そこから次のような結論が導かれる。すなわち探偵は真犯人の動機を捕らえそこねたばっかりに、ミスを犯したのだと。動機は金銭でなく怨恨だったのである。というのもこの作品はホームズに対するドイルの憎しみを語っているだけでなく、第二のレベルにおいてもうひとつ別の憎しみをも物語っているからだ。作品を通じて読者の目前で実現されたステープルトン殺しのなかで、すべては真犯人のこの感情を表わしている。

「コスタリカ一と評判の美人」(三〇八頁)だったベリルに、ステープルトンは退屈な田舎暮らしを強いていた。このことだけをもってしても、彼女が早々と夫を厄介払いしたくなった理由としては十分だ。しかし決定的な要因となったのは、ステープルトンとライアンズの関係に気づいたことだろう。シャーロック・ホームズは真実のすぐ近くを、何度もかすめていたのだ。まるで無意識のうちに、真実を捉えていたかのように。

例えばホームズによって解放されたとき、ベリルは夫をさんざんに貶《けな》し、彼は「ひとでなし」(二九八頁)だったと言った。「(……)もうあの男には、一片の愛情もないとおっしゃるのですね」(二九九頁)とホームズが思わず漏らしたほどだが、その深い意味には自分でも気づいていなかったらしい。

しかしホームズがさらに真実に近づいたのは、もう少しあとになってからだった。彼はワトスンに請われて事件の総括をしたなかで、ベリルの証言をもとにして、チャールズ・バスカヴィルの死後、ステープルトンの夫婦仲がいかに悪化したかについて語っている。ベリルはチャールズが死んだのは夫のせいだと思っていた。こうして激しい言い争いが続き、とうとうステープルトンはベリルを縛りあげねばならなくなった。

（……）夫への献身的愛情は、一瞬にして苦い憎悪へと変貌する。夫もまたそのようすを見て、いずれこの女はおれを裏切るだろうとさとる。そこで彼女をがんじがらめに縛りあげ、万が一にも彼女からサー・ヘンリーに警告が送られることがないように、手を打つ。彼女としては、いずれ事件が終息して、周辺のものたちが今度の新しい准男爵の死も、やはり家にまつわる呪いのせいだとしてかたづけてくれれば――まずそうなるにちがいないのだが――そこであらためて妻に、すべてを既成事実として受け入れさせ、彼女がなにを知っているにせよ、それについては口をつぐませておける、そう踏んでいたのにちがいない。しかし、ぼくに言わせれば、これは畢竟《ひっきょう》、あの男の計算ちがいであって、かりにわれわれがあの場にいあわせなかったとしても、どのみちあの男の命運は尽きてたんだ、そう思うね。スペイン系の血をひく女は、その種の屈辱をそうたやすく忘れるもんじゃない。（三二一―三二二頁）

なかなか見事な分析だ。ただし一点だけ、保留しておこう。この分析が的を射ているのは仮定の話についてではなく、実際の出来事に関してである。少なくともこれだけははっきり言えるが、ベリル・ステープルトンは自分になされた侮辱を決して許さなかったのだ。

*

ベリル・ステープルトンが夫殺しを綿密に計画していたからといって、夫のほうが道徳家だとは限らない。例えばステープルトンは学校を経営していたころ金の使い込みをし、そのせいで職を追われた可能性もある。もっとも彼の性格を考えると、道楽が高じたか事業の才がなかったかで問題が生じたと見るほうが妥当かもしれないが。

たしかにステープルトンは秘密裏に買った巨大な犬を使い、近隣の迷信深い農民たちを怯えさせるのが楽しみだったらしい。そうすれば誰にも邪魔されずにあたりを歩きまわり、思うぞんぶん博物学の研究にいそしむことができる。

しかし事業経営で見せる軽佻な姿勢やいかがわしい悪戯《いたずら》の嗜好が、殺人犯であることの証明にはならない。ステープルトンが事件に関与していたとは、どうにも考えがたいのだ。まさかわざわざ馬鹿げた方法を選んで何の得にもならない殺人を犯し、さらには警察が事故だと結論づけているのに、せっせと人目を引こうとしたわけもないだろうに。

このままいったら、いつかベリルはステープルトンを殺しかねなかったとホームズが指摘したとき、彼ははっきり感じていたはずだ。二人のうち力が強いのは女のほうであり、女房を恐れて研究の世界に逃げ込んでいる影の薄い夫ではないと。この作品の背後から常に感じ取れる脅威はベリルから発しているのであり、彼女の退屈な配偶者からではない[1]。

*

ベリルは長年、夫を厄介払いしたがっていたのだろうが、二つの出来事によって殺人計画が具体化し、その実現が早まることになった。ひとつはチャールズ・バスカヴィルの死亡事故である。

事の次第を夫から聞いたのか、自分で見抜いたのかはともかくとして、ベリルはすぐさま全力でこの事故を殺人事件に仕立てた。とりわけ彼女が力を注いだのは、夫を怪しげな雰囲気で包むこと、言い換えれば犬を使った殺人者をでっちあげることだった。ロンドンでの滞在にも、そうした事件の文学的捏造の跡が見られる。そこでは悪意に満ちた者の手により、ささいな出来事が謎めいた言葉で書き換えられたのである。

ロンドンでベリルは夫によってホテルの部屋に閉じ込められたというが、それは本人の証言

1　われわれの仮説では、おそらくステープルトンの最初の浮気のあと、騙されたと知って激怒したベリルのほうから、人前では夫だと名のらないでほしいと申し入れたのである。

にすぎない。そもそも従業員がまったく部屋の片づけに来ないなんて、ずいぶんと奇妙なホテルではないか。一度でも客室係が来ていれば、ベリルは逃げ出せたはずなのだから。つまり彼女は幽閉されていたのではなく——この妄想については、またあとで触れる機会があるだろう——用心のため顔を見せないようにと夫を説き伏せ、自ら主導権を握ったのだろう。

知ってのとおり、ヘンリーへ警告の手紙を書いたのもベリルだったが（幽閉されていたなら、どうやって投函したのか？）、それは怪しげな雰囲気をもりあげてホームズの好奇心をかき立てるためだった。さらにはロンドンでヘンリーとモーティマーのあとをつけたのも彼女だった。辻馬車に乗っていた謎の人物は変装したベリルに他ならないことを裏づける外見描写がふたつある。

ひとつめは、背丈に関する御者の証言だ。

「年は四十前後、中背で、旦那よりは二、三インチ低いってところ」（一〇〇頁）

御者は謎の乗客を探偵と比較したうえで中背だったと言っているが、昔からホームズは長身だとされてきた。だから謎の乗客は、普通かそれより高いくらいの背丈だったと考えられる。ところがこの特徴は、ステープルトンにまったくあてはまらない。彼は小柄な人物として描かれているのだ。

小づくりの、ほっそりした体つき、きれいにひげを剃った、とりすました顔の男で、髪は亜麻色、あごは細く、年のころは三十から四十のあいだといったところ。グレイのスーツを着こんでいるが、頭にはそれにそぐわぬ麦藁帽（……）。（一二六頁）

一方、これがベリルの背丈なら話が合いそうだ。

それにしても、これほど対照的な兄妹というのも珍しいだろう。兄のステープルトンは、髪の色も薄く、目は灰色、万事に中間色といった肌合いなのにたいし、妹のほうは、肌の色も髪の色も、私がこのイングランドで見たことのあるどの黒髪美人《ブルネット》よりも濃い――しかもブルネットには珍しく、体つきはほっそりして、背もすらりと高く、優雅そのものだ。顔だちは気品高く、端整で、ととのいすぎているくらいにととのっているので、これでかりに感じやすそうな口もとや、黒く、熱っぽい光をたたえた美しい目がなかったなら、冷たい感じをすら与えていたかもしれない。（一三八頁）

ひと口に長身と言っても、たいてい女のほうが男より低めだろう。だとすれば、ベリルの背丈はちょうど辻馬車の乗客くらいとなるが、夫のほうはそうではない。

もうひとつ、眼差しのことも注目に値する。ステープルトンの目はどこといって特徴はないが、ベリルは「黒く、熱っぽい光をたたえた美しい目 beautiful dark, eager eyes」[2]（一三八頁）をしているという。これもまた、辻馬車の乗客がワトスンに残した印象に適合している。

（……）馬車の横手の窓から黒いもじゃもじゃのあごひげがちらりとのぞき、突き刺すようなふたつの目がこちらへ向けられてくるのに私は気づいた。（七五頁）

(I was aware of a busby black beard and a pair of piercing eyes turned upon us through the side window of the cab.)[3]

これらふたつの表現（《黒く、熱っぽい光をたたえた美しい目》と《突き刺すようなふたつの目》）はまったく同じではないにせよ、どちらも眼差しの特徴、その激しさを強調しており、それはステープルトンに欠けているものだ。

調査を開始した当初は、辻馬車の乗客の正体解明に多くの時間を費やしていたホームズが、やがてこの問題にまったく興味を示さなくなったのは残念なことである。片やステープルトンと辻馬車の乗客ははっきりと異なった描かれ方をされ、片や辻馬車の乗客とベリルが似ていることは、致命傷とまではいかないまでも（背の高さや眼差しの激しさなど、まったく主観的な評価なのだから）問題なしとはしない。この乗客は声から性別がばれるのを恐れているかのように、明らかにあまりしゃべらないようにしているのだからなおさらだ。

＊

謎の乗客はあまりしゃべらないが、御者に向かって自分の職業と名前は意図的にはっきりと告げている。まるで御者がこのメッセージを記憶に留め、シャーロック・ホームズに伝えることが最重要課題であるかのように。

どうしてステープルトンがこんなことを口にするのか、まったく理解に苦しむ。もし彼が本当に殺人犯なら、せっかく何の捜査も行なわれずうまく運んだ事件に、シャーロック・ホームズほど洞察力に富んだ探偵の注意を引きつけるなど百害あって一利なしだ。[4] チャールズ・バスカヴィル殺しをうまく事故に見せかけることができたのだから、事件に少しでも謎めいた色合いを与え、探偵の疑念をかき立てるなど狂気の沙汰だろう。

いっぽう辻馬車の乗客がベリルだったとすれば、名乗りをあげた意味はよくわかる。彼女はシャーロック・ホームズの介入を、まさしく必要としていたのだ。捜査完了のためではない。

2　Arthur Conan Doyle, *The Hound of the Baskervilles*, Penguin Books, 2001, p.70.
3　同書 p.39

まずは捜査ありき、それによって殺人事件を生ぜしめるために。ふつうは殺人事件があって捜査が始まるが、ここでは逆に捜査が殺人を引き起こしているのだ。

捜査を始めさせるなら、シャーロック・ホームズその人ほど適任者がいるだろうか？　何しろ探偵のなかの探偵だからして、その存在だけで謎を喚起し、疑り深い性格と絶対に間違わないという自信によって、どんなに平凡な出来事も殺人事件に仕立ててしまう。ましてや、死亡事故ならなおさらだ。

ベリルによって企まれたステープルトン夫妻のロンドン滞在は、[5] ステープルトン殺害計画の主要部分だった。それによってシャーロック・ホームズを中心にすえた手筈が整ったのだから。こうしてホームズはありもしない殺人事件にお墨付きを与えただけでなく、自らその形成にひと役買ってしまい、ひたすら献身的な共犯者として真の殺人に手を貸していたのである。

＊

チャールズ・バスカヴィルの事故死がベリルに殺人を決意させた第一の要因だったとすれば、第二の要因はヘンリーとの出会いだ。彼女はロンドンであとをつけたときすでに、バスカヴィル家の相続人を遠目に見ていたが、とりわけ荒地《ムーア》では親しく口も聞いている。するとどうだ、ヘンリーはハンサムなうえ、さっそく結婚を申し出てきたではないか。

願ってもないチャンスだ。こうして、まだ未完成だった殺人計画が完全に具体化した。今一度繰り返すが、この殺人は憎しみがもとになっている。憎悪だけでも動機としては十分だが、そのうえ大金も手に入るなら犯人にとって悪い話ではない。こうした二重の動機から、ベリルは犯行へといたったのである。得られる金の大きさからだけはなく、その手際《エレガンス》と簡潔性によっても完璧な殺人へと。

4　これはまた、クリストフ・ジェリ（Christophe Gelly）が『バスカヴィル家の犬　コナン・ドイルにおけるミステリ小説の詩学』（*Le Chien des Baskerville. Poétique du roman policier chez Conan Doyle,* Presses Universitaires de Lyon, 2005）のなかで展開した主張の弱点でもある。クリストフ・ジェリは拙著『アクロイドを殺したのはだれか』の手法を発展させ、モーティマー医師がステープルトンの共犯者だったかもしれないと冗談めかして述べている（p.112－116）。二人が共謀していたという仮説は、最近もフランソワ・オフ（François Hoff）が「バスカヴィル家の犬：これは誤審?」（《Le Chien des Baskerville : une erreur judiciaire?》, in *Le Carnet d'Ecrou. Revue d'études holmésiennes et autres. Section strasbourgeoise des Évadés de Dartmoor,* numéro 5, janvier 2006）のなかでとりあげているが、もしモーティマーが共犯者だったなら、この事件にシャーロック・ホームズの注意を引きつけることに何の利益もないはずだという肝心な点で、齟齬をきたしている。フランソワ・オフに倣って、ジュピターの神は人々を発狂させ破滅に導くとでも考えるほかないが、それで納得できるものではない。

5　ベリルは何週間もかけて直接的に、あるいはステープルトンを通じてモーティマーの背中を押し、ホームズに助力を求めるようしむけたのだろう。モーティマー医師は魔犬伝説にとらわれていたので、このあと押しが功を奏したはずだ。

第四章　そして真実のみを

探偵たちが現地にそろうや、ベリルはロンドンで行なったのと同じ方法を使った。今では皆が、チャールズ・バスカヴィルは殺されたものと信じている。重要なのはホームズの存在と、謎にかける彼の情熱を支えに利用して、事件のまわりにこれまでと同じく不穏な空気を漂わせることだ。

そのためにベリルはワトスンをヘンリー・バスカヴィルと間違えたふりをして、不安な胸のうちを明けたのである。彼女はロンドンでワトスンもヘンリーも見ているのだから、きちんと区別できたはずだ。しかしワトスンの頭に犬を使った殺人者という固定観念を植えつけておけば、ホームズに対する仲介者として利用価値があるし、無実の夫に不利な証拠を集中させることができる。

共に暮らす男から虐待されているヒロインという同じ役割を、ベリルは登場するたびに言葉や態度で繰り返し忍耐強く演じている。目的は明白だ。小悪党の夫を、何をしでかすかわからない、潜在的な殺人者に見せかけようとしたのだ。

＊

ベリル・ステープルトンは殺人計画のなかで、偶然のチャンスにも恵まれた。セルデンの死である。死体のまわりには犬の足跡などまったくなかったにもかかわらず、いたるところに策謀の跡を見つけずにはおかないホームズは、彼女が作りあげたロマネスクな緊張感に影響され、すぐにこの事故を荒地《ムーア》をうろつく魔犬のしわざだと思い込んでしまったのだ。

たしかにセルデンは崖から転落したのだろうが、ただの事故死だとは言いきれない。脱獄犯のセルデンは警察や軍隊から追いつめられ、物語の初めから死を宣告されていたようなものだ。何がどうなるか、はっきりとはわからずとも、ベリルは間もなく第二の死体に恵まれると期待できたし、たしかに死体はやって来た。

というのも現実を空想のなかで書き直す才能は、現実にあるものを単に再編成するのではなく、新たな出来事を創造することだからだ。ベリルはせっせと不安感を煽り、ドラマの演じ手たちに行きわたらせた。その不安感は彼女が《事実》に対して与えた都合のよい解釈を超えて、常にドラマを生み出す可能性をはらんでいた。というのも彼女は現実を緊張させていたからだ。

そしていよいよ、殺人へといたる。天才的な犯罪者はチェス・プレイヤー同様、その簡明な決め技で見分けられるとするなら、ベリル・ステープルトンこそそのひとりであることは疑問の余地がないだろう。ミステリ批評家に知られた殺人犯のなかでも、これほど手をかけずにこれほど大きな成果を得た者はほとんどいないのだから。

＊

殺人の仕掛けは、犬に対するステープルトンの愛着にあった。それは昆虫学への情熱とともに、学究肌だが注意力に欠けるこの人物を特徴づけている。その点を心得ておけば、犯人がちょっとした動作やひと言で、邪魔者を片づけることができたのも理解できる。自ら手を下さないのだから、何も危険はない。

運命の晩ベリルは、ホームズとワトスンが近くに待機して家を見張っていると予想していたのだろう。ヘンリーが見張りなしに屋敷に戻っても予定の作戦はやはりうまくいくが、彼女は家が見張られていた場合に備えていくつかの予防策を講じておいた。そのひとつが、気分が悪いという口実でヘンリーとステープルトンの食事に立ち会わず、行動の自由を確保しておくことだった。

ヘンリーがステープルトンの家を出たとき、事態は急展開した。ワトスンはその前に、ステープルトンが納屋に入るのを見ている。やがて怪しい物音が聞こえたが、彼が犬を放つところを目撃したわけではない。そもそもステープルトンには、そんなことをする理由など何もなかった。[1] 数分後、ヘンリーが家を出た直後に、今度はベリルが納屋に入って犬を放したのだ。けれども、ヘンリーに危害が及ぶ心配はほとんどなかった。犬は体こそ大きいもののあまり凶暴ではないし、ホームズはきっと何らかの方法で遺産相続人の見張りを続けているはずだから。犬がどんな反応をするかについても確かなことは言えないが、ヘンリーのあとについていく可能性は大いにあるし、少なくともしばらく家から離れるだろう。計画を成功させるには、それだけで十分だった。

あとはステープルトンのところへ駆け寄り、犬が沼地のほうへ逃げ出したと告げればいい。そんなふうに二言、三言囁くだけで、殺人の出来上がりだ。犬のことが心配でたまらなくなったステープルトンは、小道のほうへと走り出す。けれども前もってベリルは、沼地の道に立て

1　どこかでドアがひらき、きしきしと砂利道を踏む靴の音がした。音は私のうずくまっている塀の向こう側を通り過ぎてゆく。塀ごしにそっとのぞいてみると、博物学者は果樹園の片隅にある納屋の戸口に立ち止まっている。キーが鍵穴でまわる音。そして彼が戸口をくぐると、納屋の奥から、なにかがごそごそと動きまわるような奇妙な音がした。彼がなかにいたのは、ほんの一分かそこら、それから再度キーのまわる音がして、彼が私のすぐそばを通り抜け、屋内にはいってゆく気配だ。彼が客のいるテーブルまでもどるのを見届けて、私は音をたてぬように友人たちの待つ地点まで這いもどり、いま見てきたことを報告した。(二八七頁)

てあった目印を取り除くか換えるかしておいた。しかも彼女はすぐあとで、もう罪に問われる心配はないとばかりに皮肉っぽく、この思いつきをわざわざ口にしているのである。

霧の層は、白い綿毛のように窓ぎわまで押し寄せてきていた。ホームズはランプを掲げて、それを照らしてみせた。

「ごらんなさい。この霧では、〈グリンペンの大底なし沼〉へ行くのは、たとえだれだろうと無理ですよ」

なにがおかしいのか、彼女は声高《こわだか》に笑って、手を打ちあわせた。その目も、また歯も、残忍な喜びにきらきら輝いている。

「夫ならば行けるかもしれません――でも、帰ってはこられませんわ」声をうわずらせて言ってのける。「こんな夜に、道しるべの棒なんか見えるはずがありませんもの。その棒は、夫とあたくしとで植えこんだものなんです――〈底なし沼〉を横切る道の目印として。ああ、きょう、昼間のうちに、この手でその棒を抜き捨ててしまっていたら！　それならばあなたがただって、なんなく彼をとりおさえられたでしょうに」（二九九―三〇〇頁）

靴は何時間も前に、人目につきやすいように置いておいた。あとはホームズとワトスンが見張りを続けている場合に備えて、ホームズ好みのメロドラマのヒロインを演じるだけでいい。

自室のドアに内側から鍵をかけ、自分で自分を縛って、探偵が感極まるような虐げられた女の姿をお目にかけるのだ。[2]

*

ステープルトンがいなくなればベリルは好きなように——前よりもいっそう、そして何の障害もなしに——話を組み立てられる。ステープルトンの有罪を裏づける要素の大部分はベリルの証言によるものであり、確固たる証拠はほかに皆無なのだ。ベリルは夫の死後、すでにこれまでもひそかに仕切ってきたテクストの語り手となるのである。

ホームズの推理に欠けていたいくつもの断片《ピース》がベリルによってもたらされ、探偵はそれを最終的な説明のなかにはめ込んでいった。ホームズの描いたストーリーは、こんなふうにベリルの主張に全面的に依拠しているが、彼女にすっかり影響され批判的感覚をすべて失ってしまった男は、それに何の危惧も感じていないらしい。

2　シャーロック・ホームズが扱った別の事件「アビー荘園」(『復活』所収) にも、縛られたふりをするヒロインが登場する。彼女の愛人は暴力的な夫を殺してしまう。ヒロインはわざと自分を椅子に縛りつけさせ、強盗が入ったように見せかけるのである。

「……その後にぼくはステープルトン夫人と二回にわたって話しあう機会を得たが、それでようやくすべての事情がはっきりしてきて、いまはもうあの件に関して、不明な点はいっさい残っていないと断言できる（……）」（三〇六頁）

ベリルとの二度にわたる面会によってホームズは事実を十分に見きわめたと、誰しも信じて疑わないだろう。しかしもっと懐疑的な人間ならば、ここで断定されていることの多くは、ベリルの証言だけを根拠にしていると気づくはずだ。

ステープルトン夫妻がデヴォンシャーにやって来る前の出来事についても、ベリルの言を信じるほかない。ステープルトン夫妻がコスタリカで送っていた生活や、そこで「すくなからぬ額の公金を拐帯《かいたい》」（三〇八頁）したこと、ステープルトンが経営していた学校を手放さねばならなくなったいきさつの謎も（「はじめはうまくいっていた学校も、徐々に評判が落ちて、最後には経営難に陥った」〈三〇八―三〇九頁〉）、ベリルの口から聞かされたことばかりだ。夫のほうは死人に口なしなのだから、好きなように証言できるというものだ。

とりわけ最近の出来事や殺人計画の全容は、すべてベリルによってもたらされた情報である。ステープルトン夫妻がロンドン滞在中、どんな行動をとっていたのかも、全面的に彼女の証言に基づいている。ホームズはベリルを妄信しているからこそ、ステープルトンがヘンリー・バスカヴィルのあとをつけたり、シャーロック・ホームズと名乗ったり、ホテルで二度にわたり靴を盗んだりして、わざわざ人目につくようなことをしたという非現実的な話を受け入れてしまったのだ。

＊

しかしベリルは以前からひそかに果たしていた役割を、そこで明らかにしてみせたにすぎない。というのも最後にホームズに伝えられ、彼の事件記録の骨格となった公式の筋立ては、この作品を通して彼女が組み立て、すべての登場人物に作用したより密やかな物語の表われにすぎないのだから。

この物語では、すべてがベリルの舌先《ナレーション》で操られていたのだとしたら、その舌先が発揮されたのは最後の語り部分に限らない。彼女は『バスカヴィル家の犬』の影の語り手だからして、それはもっと前、ロンドンでのエピソードから始まっていた。ベリルはホームズの心を捉えるため、影の語り手として常に物語をメロドラマへと引きつけていたのである。

ヘンリーがロンドンに到着するなり、不穏な空気が漂いだしたが、それを演出したのはベリルだった。彼女が匿名の手紙を出し、靴を盗み、尾行を行なったのだ。これらの出来事がいささかあからさまだったのも驚くにはあたらない。その動機は、人々に印象づけることだったのだから。ベリルは登場する前から、すでに物語り始めていた。そこで語られる出来事のひとつひとつが、狙いを定めた相手を引きつけ好奇心をかき立てることを目的としていた。その相手とは殺人を可能にする男、シャーロック・ホームズである。

しかしヘンリー・バスカヴィルとの恋愛話や、それについてホームズが作りあげた架空の物語もまたベリルの証言から来ている。ステープルトンの関心がもはやローラ・ライアンズにしかなかったのは明らかだろうに、ベリルは彼を嫉妬深い夫にうまく仕立てあげた。ベリルとヘンリーのあいだに芽生え始めた慕情が、夫には耐えがたかったというのだ。こうして彼女は、ステープルトンに向けられていた虐待疑惑を裏づけたのだった。実はそのさなかに夫殺しを企んでいたらしいのだから、なんとも ひどい話ではないか![3]

＊

『千一夜物語』のシェヘラザードは物語ることによって延命をはかったが、ベリルは同じ方法で殺人を犯し、富を得ようとした。[4]凶器も使わなければ脅し文句も侮言もない殺人。そこでは被害者自らが、他の登場人物たちの拍手喝采のもとで死に赴く。犯罪史上、これほど見事な殺人も珍しいだろう。

3　ベリルにキスをしようとしたヘンリーに、ステープルトンが飛びかかるという場面もあるが、必ずしもステープルトンが嫉妬しているとは限らない。ワトスンとは別の解釈をすることも可能だろう。彼は遠くから見ていただけで、どんな会話が交わされていたのかまでは聞いていないのだから。ヘンリーがキスをしようとしたとき、ベリルは叫び声をあげて助けを求め、夫が駆けつけるように仕向けたのかもしれない。そうすれば騙されやすいワトスンのことだから、嫉妬深い夫が引き起こしたメロドラマの一場面だと思い込むだろう。

4　《ベリル》という言葉はホームズのほかの事件でも、女性の犯罪性と結びついている。「緑柱石の宝冠 The Beryl Coronet」(『冒険』)と題された短編では、イギリスでもっとも高貴な人物のひとりから豪奢な宝飾品が銀行家に預けられる。ところが銀行家の姪がそれを盗んで、恋人にあげてしまうのである。

バスカヴィル家の犬

ベリルの有罪を示す証拠はいくつも見つかるが、それとは別に妄想的な次元でも、この作品に描かれているのはあらゆる点から見て女の犯罪である。彼女も初めは夫を愛していただろう。しかしやがて裏切られ、夫がつまらない男に見えてくる。そして少しずつ愛情が憎しみに変わっていく、そんな女の犯罪だ。

その意味で真の《バスカヴィル家の犬》はベリルであり、彼女の夫が飼っていた大型犬ではない。最後のあたりでベリルが「なにがおかしいのか（……）その目も、また歯も、残忍な喜びにきらきら輝いている。」（二九九頁）と表現されているのは、この怪物がたしかに存在したことを示している。しかしそれは、ホームズへの憎悪に惑わされていたコナン・ドイルが思い込んでいたのとは別のところにだった。

＊

だがこの作品にいる怪物は、ベリルひとりだろうか？　彼女の振舞いを見ていると、思わず自問したくなる。もしかしたらベリルも無意識のうちに、さらに古い物語のなかに組み込まれていたのではないかと？　そしてヒューゴー・バスカヴィルに閉じ込められ、逃亡の果てに命を落とした娘にとって代わったのではないかと。

なるほど最後の場面は、そもそもヒューゴーの罪によって開かれたサイクルを閉じる結果になっている。ベリルは夫殺しにより、何よりもまず死に追いやられた娘の復讐を果たしたのだ。しかも彼女は、自らがバスカヴィル家に入り込む道を開いた。というのもいずれほとぼりが冷めるのを待ってヘンリーと結婚し、バスカヴィル邸の新たな女主人となるだろうから。

それにヘンリーの身だって、必ずしも安泰ではない。数年後、彼も事故で亡くなり――例えば、折り悪しく沼地で道に迷った馬を捜しに行って――悲嘆に暮れた若い未亡人に地所から屋敷、名前まで全財産を残すことになるかもしれない。

バスカヴィル家の幸福な主人として迎えられたベリルは、屋敷から逃げ出して窪地《ゴイヤル》の奥で死んだ娘がたどった道を、こうして今度は逆方向から象徴的に走り抜け、娘がいまわの際に発した恨みの叫びに応えたのである。

＊

つまりベリルは殺人者ヒューゴーの子孫を処刑し、その屋敷を手に入れることで、囚われの身になった娘の復讐を果たしたのだ。しかしさらに深読みをするなら、こうは考えられないだろうか？　いつのまにかベリルは死んだ娘に憑依され、操られていたのかもしれないと。

文学作品の登場人物は虚実のあいだを常に行き来しているというわれわれの仮説を認めるなら、彼らが異なった時代にまたがって虚構の内部を縦断することもまたありうるのではないか？　そして文学の世界もわれわれの現実世界と同じように、亡霊に取り憑かれているのでは？

ヒューゴー・バスカヴィルに追われ、ダートムアの荒地の窪地《ゴイヤル》で死んだ娘の霊が、言葉の墓を探し求めてコナン・ドイルの作品に取り憑いたのだと言っても驚くにはあたらないだろう。それを意外に思うのは、文学作品の登場人物が持つリアリティや、彼らがわれわれ同様に掲げる主張に懐疑的な人々だけである。

かくしてこの小説は、時代と世界によって隔てられた二つの復讐を語ることとなった。かたや夫に裏切られた妻ベリルの復讐。そこにもうひとつ、さらに彼方からやって来て作品に同じ影響力を及ぼした復讐、無念の死に追いやられたまま安眠がかなわず、二世紀以上前から裁きを求めていた娘の復讐が重なり合ったのだ。

しかもベリルはヒューゴー・バスカヴィルにかどわかされた娘にとって代わり、無意識のうちに彼女の復讐をしたことを、さりげないそぶりのなかで無意識に明かしている。

＊

ベリルはバスカヴィル一族の血を引くステープルトンの家の二階にこもり、自分の体をミイラのようにシートでぐるぐる巻きにして梁材に縛りつけ、鞭で打たれた跡をこれみよがしに見せた。ヒューゴーが慰みものにしようと屋敷の二階に閉じ込めた娘の亡霊を、このとき彼女は人々の前で演じていたのだ。

荒地《ムーア》で死んだステープルトンも、ヒューゴーの死を映した鏡像を思わせる。娘を追ったヒューゴーは、自らも犬に追われて沼地で果てたが、その子孫であるステープルトンは妻の策略により、犬を助けに行って命を落とした。

こうしてこの小説の最終場面は、贖罪の儀式さながらとなった。そこでは参加者たちも知らないうちに、犯罪の始まりの場面が再現されている。あたかもダートムアの荒地にはいまだ亡霊どもが住みつき、救いの手を求めているかのように。

すべてはかくのごとし。文学的虚構を作りあげることで陰謀の糸を引く犯罪者の背後から、もうひとりさらに恐るべき者の姿が見え隠れする。それは憑依したヒロインの手を借り、何世紀も前から住み着いている中間的世界で安息を見つけんとする亡霊の姿なのだ。

＊

というも、死者は本当に死んでいるわけではないのだから。現実においても虚構においても、死者は独自の存在感を持って、生きている者たちに付き添い、決断をうながし言葉や考えを押しつける。そしてわれわれと同じく強引に根気強く、有無を言わせぬやり方で求め続ける。わたしを認めてほしい、わたしの声に耳を傾けてほしいと。

訳者あとがき

名探偵ピエール・バイヤールが帰ってきた！

そう、『アクロイドを殺したのはだれか』（大浦康介訳、筑摩書房、二〇〇一年）でエルキュール・ポワロの推理に敢然と異を唱え、ポワロの《灰色の脳細胞》に巣食う妄想を明らかにしたうえで、『アクロイド殺害事件』の隠された真犯人を暴き出した《推理批評》家バイヤールである。

それが今度はあろうことか、名探偵のなかの名探偵シャーロック・ホームズに挑戦しようというのだからただごとではない。本書はその原題 *L'affaire du chien des Baskerville*（『バスカヴィル家の犬』事件）が示すとおり、ホームズ・シリーズの代表作とも言うべき長編『バスカヴィル家の犬』を俎上《そじょう》にあげ、ホームズの推理における様々な疑問点、矛盾点を洗い出して、事件の真実、真犯人を指摘した興味尽きない好エッセイだ。さらには、ホームズが誤った推理に導かれた原因を作者ドイルとの関係から分析するというメタフィクション的な面白さも兼ね備え、現代文学批評の最先端にありながら文字どおりエンタテインメントとしても楽しめる、なんともサービス精神にもあふれた一冊なのである。*Sherlock Holmes was wrong : Reopening the Case of The Hound of the Baskervilles*（Bloomsbury, 2008）のタイトルで、すでに英訳版も出ている。

＊

ホームズ・シリーズも含めてミステリの謎解きは一見、緻密で論理的なようだが、その実、けっこう穴も多い。というのもミステリ小説のなかで展開される論理とは、結末から逆算して組み立てられた作り物の論理だからだ。そもそも読者はそうしたミステリの人工性を承知のうえで、いかに意外なトリックで見事に騙してくれるかを期待しているのだから、物語の最後に名探偵が鮮やかに披露する謎解きの細かな不備をあげつらうのは、本来あまり意味のあることではないのかもしれない。作品内でひとまず首尾一貫性が保たれていればよしとするのが、ミステリというジャンルにおける暗黙の了解なのだ。

しかしバイヤールの独創的なところは、ポワロやホームズの推理に対する疑問点から出発し、まったく同じテクストの枠組みのなかから名探偵たちが見落としていた新たな証拠を見つけ出して、すべての疑問点を合理的に解決しうる新たな推理を提示していることにある。本書を読んだあとでは、なるほど『バスカヴィル家の犬』とはこんな物語だったのかと、この作品に対する見方が一変するに違いない。

そうした大胆な解釈の正当性を確保するための理論的前提として、バイヤールは虚構の人物が現実世界の住人たるわれわれ読者と出会い、自律的に活動を始めてわれわれに様々な影響を及ぼしていく場（彼はそれを「中間的世界」と呼ぶ）を想定している。一見するとずいぶんラディカルな主張のようだが、本を読むときにわれわれの内部で起きている出来事をふり返るならば、決して奇をてらった主張ではない。例えばわれわれはホームズ物語を読みながら、おのおの違ったホームズ像を思い浮かべている。それは「ストランド・マガジン」に挿絵を寄せたシドニー・パジェットの描くホームズに似ているかもしれないし、テレビドラマでジェレミー・ブレットが演じたホームズのようであるかもしれない。けれどもそうしたホームズ像はみな、テクストをもとにして読者の主観が作りあげたものなのだ。バイヤールはテクストとは読者を通じて開かれた存在であるという信念のもとに、文学作品を主体的に読み直すことにより、古今のフィクションに描かれた殺人事件において今まで公式に認められていた解決に疑問を投げかけるのである。そこには読者はもとより、作者にさえも見逃されていた真相が隠されているのではないか？　真犯人は追及の目を逃れ、虚実の狭間に身を潜めているのではないか？こうした疑問が、バイヤールの提唱する《推理批評》の出発点になっている。

その点から言うと、バイヤールの立場はいわゆる《シャーロック・ホームズ学》の伝統とは根本的に異なっている。ホームズ学は、シャーロック・ホームズが実在の人物だという前提を受け入れることによって成立しているある種のゲームである。ワトスンがホームズの冒険を記した《正典》六十篇はすべて現実の出来事で、ドイルはワトスンの《出版代理人》だと見なして、作品内に見出される様々な矛盾や疑問に合理的な説明をつけようというのだ。それに対してバイヤールが展開しているのは（遊び心という面では、シャーロキアンに決して引けをとらないとは思うが）、ホームズが虚構の存在であることを初めから認めたうえで、フィクションというものの意味を本質から問い直そうとする試みである。ともあれ、日本にも数多いシャーロキアンの面々がバイヤール探偵の推理をどう評価するかは、訳者としても大いに興味があるところだ。議論百出を期待したいと思う。

＊

ところで、バイヤールが推理批評を構想するきっかけになったという『オイディプス王』の謎について、ひと言私見を付け加えておきたい。ソポクレスの『オイディプス王』はヨーロッパ文化の源流にあるギリシャ悲劇の傑作であるだけなく、フロイトがエディプス・コンプレックスの発想を得た作品としても広く知られている。それだけに、物語の中心にあるオイディプスの父親殺しが本当に冤罪《えんざい》だったとしたら、その影響たるや計り知れない大事件だろう。本書のなかでも触れられているように、冤罪疑惑の根拠はオイディプスの父ライオス王殺しの現場を目撃した家来の証言である。ただひとり逃げ帰ってきたこの男は、王を殺したのは徒党を組む盗賊たちだったと明言した。それが事実なら、ライオスを殺したのはオイディプスでない（言いかえれば、オイディプスが殺したのはライオスではない）ことになる。

たしかにこの証言は無視できないが、だからといってオイディプスの父親殺しは無罪だとするには、いかんせんそのほかの状況証拠が整いすぎているのではないか。ライオス王が殺された場所から、王の顔かたち、一行の人数まで、オイディプスが殺した相手とぴったり符合しているのだ。それにオイディプスが殺したのはライオスでなかったとしたら、いったい何者だったのか？　家来を従えて旅するような身分のある人物が殺されたのだから、きちんとした捜査も行なわれたはずだ。そうした報告がオイディプスの耳に入っていないのもおかしいではないか？

だとしたら家来の証言が嘘だったと考えるほうが、ずっと自然な解釈だろう。彼には嘘をつかねばならない動機もある。主君が殺された現場から逃げてきたというのに、襲ってきたのがたったひとりだったのでは、皆から臆病者と非難されるに決まっている。そこでつい、相手は大勢だったと言ってしまったとしても不思議はないだろう。これが単なる想像ではない証拠に、ライオカステはその家来についてこう言っているではないか。「その男はかの地より帰って、ライオス亡きあと、あなたが王になられたのを知ると、わたくしの手にすがって、どうか自分をいなかへやって、羊飼いにしてくれるようにと、切に願いました。この町のみえるところから、できるだけ遠くに離れていたいと申すのでございます。それでわたくしは、彼の言うとおりにしてやりました」（『オイディプス王』藤沢令夫訳、岩波文庫七六頁）と。家来の男はライオス殺しの犯人がテバイの王になったのを見て、どんなに驚いたことか。殺人の目撃者が生き残っていると知られたら、いつなんどき口封じのために消されないとも限らない。だからこそ、町からできるだけ遠くに身を隠そうとしたのだ。

バイヤールの向こうを張って、つい柄にもない素人探偵を演じてしまったが、オイディプスがやはり父親殺しの犯人だったとしても、もちろんそれによって推理批評の有効性が損なわれるわけではない。オイディプスが有罪にせよ無罪にせよ、今まで何の疑問もなく受け入れられてきた彼の父親殺しに対して再考をうながすことこそが、推理批評の意義なのだから。

＊

もうひとつ私事で恐縮だが、訳者がはじめて読んだホームズ・シリーズの作品が『バスカヴィル家の犬』だった。小学校の三、四年生のころで、子供向けにリライトされた本だったけれど、ストーリーの展開は原作にほぼ忠実になされていたように記憶している。不気味な伝説に始まり、怪しげな追跡者、深夜の張り込み、岩山にたたずむ謎の男と次々に起こる奇怪な事件に、胸を躍らせたものだ。けれども最後になって明かされた魔犬の正体には、正直言って少々肩すかしを食らわされたような気がした。口から火を吹く怪物と描写され、挿絵にもしっかりそう描かれていたはずなのに、蛍光塗料を塗っただけの大型犬だったなんて！　ミステリなのだから、どんなに超自然的に見える出来事にも合理的な解決がなされねばならないというのは子供心にもわかっていたが、物語の全編を支配する怪奇幻想的な雰囲気と結末との落差が、どうにも納得いかなかったのだ。バイヤールに言わせれば、そうした怪奇幻想性こそ真犯人が仕掛けた最大のトリックだというわけだから、読者のほうもそれにまんまと乗せられたことになるのだろう。

けれどもバイヤールは、さらに真犯人さえも気づいていなかったもうひとつの結末を用意した。すべての事件の発端となった魔犬伝説に遡るこの結末は、読者が本来『バスカヴィル家の犬』という作品に期待する怪奇幻想的な興味をしっかりと満たしてくれる見事な着地点だ。訳者はこれによって、四十年来にわたる欲求不満がようやく解消された思いがしている。

＊

著者のピエール・バイヤールは一九五四年生まれ。現在はパリ第八大学のフランス文学教授を務める一方で、精神分析家としても活躍しているという。バイヤールのこのほかの著作や批評理論については、『アクロイドを殺したのはだれか』『読んでいない本について堂々と語る方法』（ともに筑摩書房、後者は、ちくま学芸文庫、二〇一六年）に訳者の大浦康介氏による懇切丁寧な解説が付されているので、ぜひとも参照していただきたい。
最後になりましたが、本書の翻訳を勧めてくださった東京創元社編集部の井垣真理氏に心より感謝いたします。

二〇一一年五月

文庫化に際して

本書の親本にあたる同題書が東京創元社KEYライブラリから刊行されて、はや十二年になろうとしている。名探偵の代名詞ともいうべきホームズの推理にまっこうから異を唱えたうえ、別の真犯人を名指ししようという衝撃的な内容だけに、読者の反応やいかにと注視していたが、さいわいにも大方の好評を得ることができた。バイヤールの論が単なる重箱の隅つつきではない、説得力のあるものだったからなのはもちろんだが、遊び心を旨とするミステリファンのこと、ホームズの推理にケチをつけるとはけしからんなどと無粋《ぶすい》なことは言わずに、皆さんこの《推理批評》を楽しんでくださったようだ。

文庫化に際して全面的に訳文の見直しを行ったが、KEYライブラリ版とのもっとも大きな異同は、『バスカヴィル家の犬』からの引用部分である。親本では訳者が英語の原文をもとに、フランス語訳や日本語の既訳を参照のうえ、独自に訳文を作成した。その後、深町眞理子氏によるホームズ・シリーズ全作の新訳が完成したのを受けて、今回は引用や邦題をすべてそちらに準拠することにした。創元推理文庫新訳版ホームズ・シリーズを傍らに備えて本書をお読みいただければ、バイヤール探偵の名推理がいっそうご堪能《たんのう》いただけるものと思う。

二〇二三年一月

解説

杉江松恋

――「これはもうぜったいにハムレットがやったんじゃないですね。」「だけど、だれが」と、彼女は語調を強めてきいてきた。「あやしいとお思いですの?」わたしは神秘めかして彼女の顔を見た。「だれもかれもですよ」わたしはそう言うと、来たときと同じくらいこっそりと、小さな木立の中に姿を消した。

（鈴木武樹訳）

ピエール・バイヤール『シャーロック・ホームズの誤謬』を再読しながら私は、ずっとジェームズ・サーバー「マクベス殺人事件の謎」のことを思い出していた。有名すぎるアメリカン・ヒューモリストの短篇における代表作の一つだ。サーバーはこの短篇を〈ニューヨーカー〉一九三七年十月二日号に発表した。〈わたし〉がイギリスの湖水地方にあるホテルに泊まることから始まる物語だ。同宿者の彼女が奇妙なことを言い出す。『マクベス』の犯人は絶対にシェークスピアが書いた通りではないというのだ。その話を聞いているうちに〈わたし〉の心も疑惑の霧に包まれていく。

「マクベス殺人事件の謎」はミステリーというジャンルそのものを茶化す意図で書かれたもの

だろう。だが、そこで試みられたことはバイヤールのそれと奇妙に似通っている。

『シャーロック・ホームズの誤謬』の著者ピエール・バイヤールは一九五四年、パリ生まれである。二〇〇八年に本書を発表したときはパリ第八大学の教授であった。肩書は何と書けばいいのだろうか。文学者であると同時に精神分析療法の実践者でもある。いわゆる精神分析批評は「精神分析理論を応用して作品及び作家を分析する」ものだが、バイヤールは逆に「文学を応用してフロイトを読解し、精神分析理論を豊かにする」ことを目的とする「応用文学」の提唱者となった。

『シャーロック・ホームズの誤謬』に先だって発表された『アクロイドを殺したのはだれか』（二〇〇一年。筑摩書房）はアガサ・クリスティの有名な作品を元に応用文学理論を実践した書である。いささか前置きが長くなるが、まず同書について概容を述べておきたい。

一九二六年に発表した『アクロイド殺害事件』（創元推理文庫他）については改めて説明する必要もないだろう。クリスティの著作中で最も物議を醸した問題作であり、叙述がフェアプレイの精神に則《のっと》っているか否かについて論争がくりひろげられた。バイヤールはそうした歴史的事実を熟知していると思われるが、推理小説の原点に戻ることで俯瞰《ふかん》的な視野に立ち、まったく別の観点からアクロイド論争に解答を行っている。議論の前提としてヴァン・ダインの法則を持ち出してくるのが、マニア心理をわかっている憎いところだ。

読者を欺くための技巧が用いられた推理小説のテクストが持つ「多義性は意味決定が不可能

な状態を生み出してしまう」。バイヤールはクリスティが読者を欺く手法を「偽装」「転嫁」「露出」に分類し、さらに『アクロイド殺害事件』では「省略による嘘」という第四の技法が用いられているとする。その技法は「作品の限られた空間を無限大に広げてしまう」。テクストで語られなかったことまでも内包してしまうからだ。さらに敷衍してバイヤールは、謎解きを主眼とするミステリーにおいては「つねに語り手は不誠実なのである」と断言する（以上、カッコ内の引用はすべて大浦康介訳）。

以上が『アクロイドを殺したのはだれか』の前半部要旨だ。ここまで紹介したところで急いで『シャーロック・ホームズの誤謬』にとりかかろう。本書でバイヤールが俎上に載せるのはサー・アーサー・コナン・ドイルが一九〇二年に発表した長篇『バスカヴィル家の犬』（創元推理文庫他）である。よく知られているようにドイルは四作のシャーロック・ホームズが登場する長篇を書いており、その最終作が『バスカヴィル』だ。他の三作が現在進行形でホームズによる捜査を描いた上で犯人の回想に戻るという伝奇小説の構造を持つのに対し、『バスカヴィル』は真相解明が物語のほぼ結末に来るという現代的な推理小説の形式で書かれている。『アクロイドを殺したのはだれか』でそうしたようにバイヤールはまず「捜査」の章で原典のあらすじを紹介する。もちろん結末にも触れているので、『バスカヴィル家の犬』を未読の方はご用心いただきたい。続く「再捜査」の章ではホームズによる推理とワトスンによる記述の妥当性が審議されていく。題名にある『誤謬』の指摘はほぼこの章で終わる。名作の粗探しはバイヤールが元祖というわけではないので、これだけだったら評論として新味はない。本書の真価は後半にあるのだ。

後半部で展開されるのは中間的世界の議論である。「幻想性」の章においては現実と虚構の関係について二つの立場が紹介される。厳密に分けて考えるべきだという隔離主義者と、反対の統合主義者である。バイヤールは自分が後者であると認めた上でこう書く。

——わたしが思うに、境界の浸透性と文学作品の登場人物の自律性というこの二つの仮説を受け入れることによって初めて、シャーロック・ホームズの推理よりもうまく《バスカヴィルの犬事件》を解決しうるのである。（平岡敦訳）

ここが『シャーロック・ホームズの誤謬』の肝である。中学数学のレベルで恐縮だが、図形問題を解くのによく「補助線を引く」ことがある。与えられた図形に線を引くと、それまでは見えなかった定理が使えることが判るようになる。ここから、推理小説でも謎解きに際して意外な視点を探偵が持ち出す行為の喩えに用いられる言葉だ。中間的世界こそが本書の補助線なのである。未読の方のために曖昧な言い方をすれば、この場合の補助線はいったん虚構から飛び出し現実世界を経由して戻ってくる。そして真理に到達するのだ。

中間的世界の概念をバイヤールが持ち出したのは『シャーロック・ホームズの誤謬』が最初ではなく、すでに『アクロイドを殺したのはだれか』においてその概念が示されている。同書の後半では、小説の記述は多義的で無限に解釈が可能になるのに、読解によってそれが単一の意味に収束されていくということについて考察が進められる。とりわけ推理小説においては、真相に到達するという命題があるために単一解が絶対視されるのはご存じの通りだ。「手がかりというものをともなった推理小説モデルが、記号はただひとつの記号内容《シニフィエ》しか生み出さないという記号についての双体的概念［記号表現《シニフィアン》と記号内容の一対一対応の概念］を押しつける」「顕在的記号によって隠されているが、捜査によって結局は明るみに出される潜在的真実という記号内容しかない」という言い方でバイヤールは推理小説が再読する気になれない理由を説明する。

前半部で推理小説の語り手がそもそも不誠実なものであると書かれていることと、後半部で読解が限定的だと指摘されていることとはどうにも噛み合わせが悪い。そこで介在する解釈者について考えなければならなくなるのである。応用文学の概念を知らないと『アクロイドを殺したのはだれか』の後半で突然フロイトに言及されるのが唐突に感じられる。だが精神分析の体系がフロイトの解釈から始まった事実を考えれば、テクスト読解のありようを示す代表的なモデルとして書かれていることは容易に理解できる。

テクストには常に誰かの読解が伴うということから必然的に導き出されるのが虚構と現実が接触するための場の存在である。それが中間的世界であり、虚構と現実の双方が、ここを仲介した視点から捉え直されることでまったく新しい形に見えてくる。『シャーロック・ホームズの誤謬』の後半部はバイヤールによるその実践例なのだ。『誤謬』とは何事か、と目くじらを立てながら本書に目を通し始めたシャーロキアン諸氏は、「幻想性」第二章「テクストからの移住者」を読んで感嘆の声を洩らすはずだ。なるほど、だから『バスカヴィル家の犬』を題材に選んだのか、と。ホームズ譚成立の歴史を知っていればいるほど、この章は楽しめるのである。実は『アクロイドを殺したのはだれか』においても、「テクストからの移住者」に相当する記述は存在した。現実の居住者であるアガサ・クリスティは虚構からの干渉を受け、それを糧として後日別の作品を成立させたのである。具体的にはぜひ同書を読んでもらいたいが、その点『バスカヴィル家の犬』の作者であるサー・アーサー・コナン・ドイルはどうであったか、というのが本書最大の読みどころだろう。

少し話を戻して、無限の選択肢を持つテクストについて探偵が示す解は本当に唯一の真理たりえるのだろうか、という疑義をバイヤールが呈したのだと考えると、いわゆる「後期クイーン的問題」への別方面からの接近例として『アクロイドを殺したのはだれか』『シャーロック・ホームズの誤謬』の両書を読むことも可能である。法月綸太郎は「初期クイーン論」(『法月綸太郎ミステリー塾　海外編　複雑な殺人芸術』所収。二〇〇七年。講談社)において、『シャム双子の謎』を書いたエラリーが推理の決定不可能性を見出してしまったことを指摘している。同評論の初出は一九九五年二月刊行の『現代思想／メタ・ミステリー』(青土社)である。日本とフランスで二人の論者が別々のアプローチから同一の結論を導き出していたのだと考えると興味深い。

推理小説の論理展開は自由なように見えて、実は情報として呈示されたものを読み取るという手続きによって制限を受ける。文芸ジャーナリスト、エドマンド・ウィルソンはその形式性に不満を抱き〈ニューヨーカー〉一九四四年十月十四日号に「探偵小説なんかなぜ読むのだろう」と題された皮肉なエッセイを発表した（『エドマンド・ウィルソン批評集2　文学』所収。二〇〇五年。みすず書房）。「誰がアクロイドを殺そうがかまうものか」の別題で知られる一文だ（『殺人芸術』収録時の題名。一九五九年。荒地出版社）。ウィルソンの気持ちもわからないではない。だが、この形式の不自由さが逆に虚構世界の解放につながるというのがバイヤール＝法月の示した魅力的な可能性だと思うのである。だからマクベスは犯人ではない、と主張するご婦人も現れた。この先世界にたくさんの文学探偵が登場することだろう。

既存のテクストに別解釈、あるいは補助線の導入によって従来とは異なる分析ができないかという試みは文学者の遊戯心をくすぐるものと見えて、古来より多数書かれている。日本の現代推理小説界に限っても『六の宮の姫君』（一九九二年。創元推理文庫）で芥川龍之介の、『ニッポン硬貨の謎』（二〇〇五年。同）でエラリー・クイーンの再解釈を試みた北村薫がいる。北村のユニークな点は評論ではなく創作の形でこれを行ったことで、後者では第六回本格ミステリ大賞の評論・研究部門を受賞している。さらに最近の〈中野のお父さん〉（文藝春秋刊）連作などで文芸全般に調査範囲を広げており、日本を代表する文学探偵の称号を進呈したいところである。

イギリスにはジョン・サザーランドがいる。サザーランドは一九九六年のエッセイ『ヒースクリフは殺人犯か?』(みすず書房)で三十四作の十九世紀小説を取り上げ、作者のつけた結末や、小説内に残された疑問点などに自身の読みによる解釈を示してみせた。その中にはコナン・ドイル「まだらの紐」(『シャーロック・ホームズの冒険』一八九二年。創元推理文庫他)も含まれる。「人のいい鈍感なワトソンが考えも及ばないようなもっと多くの悪事が行われていたのではないか、というのがわれわれの懸念である」と結ばれていて、本書で味わうのと同様の苦いユーモアがある。

それ以外の文学探偵作品は冒頭に挙げたサーバーのものも含めて多数あり、列挙する余裕がない。一点だけご紹介するとすれば佐藤友之『金田一耕助さん・あなたの推理は間違いだらけ!』ではないだろうか。横溝正史の代表作に正面切って挑戦した謎解き本で、青年書館から正編が一九七八年三月、第二集が同年八月に刊行された。長短篇合計で二十九作が取り上げられており、分量では類書の及ばないものがある。長く絶版になっているが、興味のある方は古書店などで探してみることをお薦めする。

編集部から与えられた字数が尽きてしまった。バイヤールについて作者情報をもう少し書くべきだったが、彼の著書では最も有名な『読んでない本について堂々と語る方法』(二〇〇七年)がちくま学芸文庫に入っている。よかったらそちらを参考にしていただきたい。翻訳は他に『アヴァンギャルドの世紀』(京都大学学術出版会)に「新しいアイデアはどうしたら手に入れられるか」という短い論文が収録されている。よかったそちらも。

書くべきことは以上。解説者としての役割は果したので、これにて失礼する次第。挨拶代わりに推理小説史において最も有名な一文を置いていくことにする。それでは、また。

——私はドアのノブに手をかけたまま、ちょっとためらって、ふりかえり、なにかしのこしたことはないかと考えた。なにも思いつかなかった。私は首を振って部屋を出て、ドアをしめた。


（深町眞理子訳）

本書は二〇一一年、小社のKEYライブラリの一冊として刊行された作品の文庫化です。

創元ライブラリ

シャーロック・ホームズの誤謬
『バスカヴィル家の犬』再考

二〇二三年二月二十八日　初版
二〇二四年六月　七　日　再版

著　者◆ピエール・バイヤール
訳　者◆平岡敦

発行所◆㈱東京創元社
代表者　渋谷健太郎

郵便番号　一六二―〇八一四
東京都新宿区新小川町一ノ五
電話　〇三・三二六八・八二三一　営業部
　　　〇三・三二六八・八二〇四　編集部
URL https://www.tsogen.co.jp

印刷・モリモト印刷　製本・本間製本

ISBN978-4-488-07086-1　C0195

名探偵の代名詞!
史上最高のシリーズ、新訳決定版。

〈シャーロック・ホームズ・シリーズ〉

アーサー・コナン・ドイル◎深町眞理子 訳

創元推理文庫

シャーロック・ホームズの冒険
回想のシャーロック・ホームズ
シャーロック・ホームズの復活
シャーロック・ホームズ最後の挨拶
シャーロック・ホームズの事件簿
緋色の研究
四人の署名
バスカヴィル家の犬
恐怖の谷